1977

25×20=500

文学出版社稿纸

凌汛

朝内大街166号

1977—1979

冯骥才　著

25×20=500

人民文学出版社稿纸

图书在版编目(CIP)数据

凌汛:朝内大街166号/冯骥才著. —北京:人民文学出版社,2013
ISBN 978-7-02-010147-4

Ⅰ.①凌… Ⅱ.①冯… Ⅲ.①随笔—作品集—中国—当代 Ⅳ.①I267.1

中国版本图书馆CIP数据核字(2013)第252963号

责任编辑 脚　印
责任印制 李　博

出版发行 人民文学出版社
社　　址 北京市朝内大街166号
邮政编码 100705
网　　址 http://www.rw-cn.com

印　　刷 北京季蜂印刷有限公司
经　　销 全国新华书店等

字　　数 100千字
开　　本 880毫米×1230毫米 1/32
印　　张 4.5 插页17
印　　数 1—10000
版　　次 2014年1月北京第1版
印　　次 2014年1月第1次印刷

书　　号 978-7-02-010147-4
定　　价 24.00元

朝阳门内
大街
166
人民文学出版社
外国文学出版社
东方出版社
人民文学出版社

朝阳门内大街
166

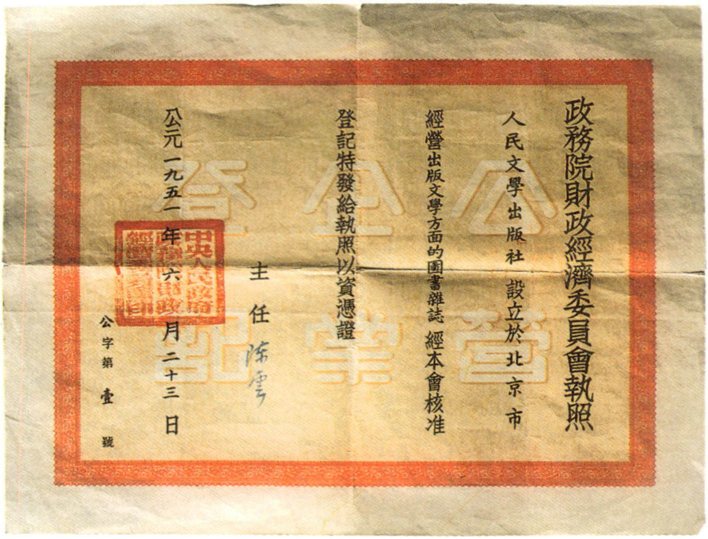
政務院財政經濟委員會執照

人民文學出版社 設立於北京市

經營出版文學方面的圖書雜誌 經本會核准

登記特發給執照以資憑證

主任 陳雲

公元一九五一年六月二十三日

公字第壹號

目 录

附　件

序

今年入夏，北京几位文友来津做客，内中有人民文学出版社的编辑，闲话里说到人文社坐落在京城朝内大街上的那座老楼将要拆除翻盖新楼，说我曾在这楼里住过不短的时间，知情不少，该给他们写点回忆的文章。这话一下子好似碰到我心中底层的什么东西，怦然一动，未等开口，一位老友说："大冯和人文社关系非同一般，说不定会写篇大块文章。"我便信由一时心情接着说："我的第一部长篇、第一部中篇、第一个短篇都是在人文社出版的。我还是'文革'后第一个在人文社——也是第一个在中国拿到稿酬的作家呢。我是从人文社进入文坛的。我在人文社住了两年！说不定能写一本小书呢。"

此刻，我忽然记起早在1981年我和人文社社长严文井先生的通信中表达过这个想法。现在我把这段文字找了出来：

我是人民文学出版社培养起来的作者。我把人文社当作自己的母校。数年前，我是拿着一大包粗糙的、不像样的稿子走进朝内大街166号的。那时，我连修改稿子的符号和规范都不知道。是老作家和编辑们一点点教会我的。他们把心血灌在我笔管的胶囊内，让我从社里走出来时，手里拿着几本散发着纸和油墨芳香的书。我有个想法，也许过十多年，或许更长的时间，我要写一个小册子，叫做《朝内大街166号》。我心里珍藏着很多感人的材料和值得记着的人物。

信中所说的“更长的时间”竟是三十年吗？怎样的情结仍然能撩动我这个陈年已久的写作想法？

不过，对这件往事当时并没说，文友们却已经猜到我“囊中有物”，逼我掏出来，由此便约定写这文章了。其实当时也只是触动了一种怀旧的情怀而已，未及深思。事后一个晚上想起要写这文章，进而回过头转过身，往时光的隧道里一伸脚，却扑通栽进自己如烟的过去，栽进过往岁月的深井，栽进一个时代。那个时代是1977年至1979年——正是整个社会和国家从“文革”向改革急转弯的时代，也是中国当代“新时期文学”崛起的时代。于是，我像白日做梦那样忽然清晰地看见了早已淡忘的人物与生活，早已淡出现实的事件；它们竟一下子溢彩流光般涌现在我的面前。那个时代的场景、气息、激情、渴望、追求、思想、名言、勇气、真诚与纯粹感，原来全都记得。在我的心底，它像历史江河一次遥远的早春的凌汛，原本死寂封冻的冰河突然天崩地陷般地碎裂，巨大的冰块相互撞击发出惊天的轰响，黑色寒冷的波涛裹挟着不可遏制的春意迅猛地来到人间。

我写它，已非一种怀念，已经不是初始的想法，而是为了让今天的我从中对照自己，看看自己是进步还是退步了。科学的历史不断进步，社会的历史却不一定；所以历史真正的价值是它不能被忘却，或者说历史的意义是它可以纠正现实。

这样，我便在半个月里一口气写成这本小书。在此感谢朝内大街 166 号——是它允许我在那里住了长长的两年，使我在那个非凡的岁月里，有幸由一个“文化复兴”时代的核心地带登陆文学。

是为序。

冯骥才

2013.8.20

一、借调式写作

一、借调式写作

1977年的春天，那是“文革”后第一个春天，忽得消息说人民文学出版社的领导要从北京来天津见我和李定兴，李定兴是我第一部长篇小说《义和拳》的合作者。

我听了发蒙，甚至弄不清是好事还是坏事。那年头，我从没碰过好事，全是坏事。有两件还是天塌下来一般的大坏事。一次是1966年那场全社会的十二级政治大地震——文化大革命，我家被抄得一贫如洗，然后被扫地出门；一次是1976年又一场土地爷闹的大革命——唐山大地震，邻居的烟囱砸垮我家的屋顶，楼梯也掉下去了，我抱着儿子，一家人死里逃生跑出来，身上只有背心裤衩。就这样，还会有什么好事轮到我？

再说，那时候人民文学出版社换块牌子就是国家文学出版社。

我读过的中外名著和文学经典差不多都印着人民文学出版社的社名，它能瞧上我们这两个从未沾过出版边儿的在野的人物？

文学原本并不是我的理想，我从小的梦是绘画。我只是在“文革”前从事宋元山水摹古时，着迷一般地读了大量中外小说与诗歌，但都是历史经典，与当代文学不沾边。自己偶尔写点小文章发在小报小刊上，也一概都是艺术随笔之类。在写作这片世界里，我最多是边地生出的一根随处可见的野草。

六十年代末，几个画画的朋友拉我去为天津美术出版社的连环画组写脚本，与资深编辑李定兴结识为友，闲话时聊起了都感兴趣的义和团。天津曾是义和团翻天覆地的中心，当时距义和团事件不过六十多年，一些亲历者还活着，义和团那股子气儿还热乎乎在他们的记忆里。我俩决定用小说方式写义和团，经过几年努力，写成之后已到了“文革”终结的1976年。这年大地震，我家房倒屋塌，我将书稿从废墟中挖出来。地震后，我们就把稿子打印成厚厚的两册寄给人文社。如果说心里抱着什么希望——那只是在寄出去之前还有一点，寄出之后便没根了，一片空茫，好像没写这东西一样。

人文社要来人的消息——正是在这一片空白中出现的。

人文社做事真是有模有样有板有眼，这种事我从没经过。他们先在京津和哈尔滨三地召开座谈会，把我们写的《义和拳》打印本发给与会者，请他们提意见。邀请参加座谈会的除去专业人士，还有一定比例的工农兵文学读者，他们的意见对这部书稿能否出版起关键作用。这是“文革”时期出版社通常的做法，在古今中外也只有当时的中国才有。据说人文社的领导就是专为听意见来天津的，也为见见我们两位作者。这位领导叫韦君宜，人民文学出版社的总编辑。

由于我不曾涉足文坛，没听说过韦君宜的大名，乃至那天她走后也没记住这个生疏的名字，只记得她的姓有点特别。

这个在天津的征求意见会由人文社小说北组副组长李景峰一手操办。开会的地方是借一家工厂工会简易的小会议室。二十来人围一张桌子，一多半人抽着烟，桌子上两个暖壶一堆玻璃杯，有的人还在翻看书稿，进屋时都抬头打量我们，我很不自在。李景峰是一位三十多岁、皮肤有点苍白、和善又勤快的男人，东北口音，后来做了《义和拳》的二审编辑。会前他把我们介绍给韦君宜——一位矮小、瘦弱、不起眼、五十多岁的女人。尽管她没有领导派头，我却挺紧张，不知该说什么。可是韦君宜好像也紧张，话不多，很少看我一眼。只记得坐在那里等着开会的时候，问我是否读过姚雪垠的《李自成》，那是"文革"期间唯一出版的历史小说了。我说我读过，还说我特别喜欢《三国演义》、老舍的小说，还有巴尔扎克和俄罗斯文学，她小小又圆圆的眼睛在镜片后边闪了闪亮。

会上那些人具体说了什么我已没有印象，好像好话多，座谈会的气氛很好。散会后韦君宜有点高兴，她说你们的小说基础不错，但距离能够出版还很远，最好住到北京的人民文学出版社修改，可以得到编辑的帮助。

李定兴是天津美术出版社连环画组的组长，不能请长假，当时决定由我去北京的人文社改稿，修改的计划两人一起定。韦君宜对李景峰说："那你去给冯骥才办组织借调吧。"

借调式写作——现在绝没有这种写作方式了。

由于“文革”时期把所有作家全部打倒，文坛空荡荡，只有浩然的长篇小说《艳阳天》和《金光大道》，终究难撑国人的文学阅读要求。但当时的名作家全在干校里劳改，写出来的东西就是毒草，没人敢写，更没人敢出版。出版社没有稿源，于是就从一些无名的业余作者中发现有希望的苗子，这些苗子都没有写作经验，便临时“借调”到出版社写作、改稿。吃住都在出版社里，吃的用的自己担负，住房不要钱，在编辑的帮助下修改作品，直到能达到出版要求与质量为止。对于热爱文学的人，能被选中并脱产写作，便是无上的幸运了。当时出版没有稿费，写作也算是一种“政治任务”，所以要通过组织来借调。这对于我，是不是一种“好运临头”或潜在的命运的改变？尽管当时还看不见任何的迹象。

随后，我送韦君宜和李景峰去车站回北京。那时代没出租车，我们乘公共汽车，车上人多，找不到座位，只好让这位矮我两头的长辈一直挤在我身边。一路上我左顾右盼想给她找个座位，待有人起身空出座位，我们也到站了。人家老远地跑来一趟，按礼节我应请她吃点什么，可那时兜里发窘，只好带他们到劝业场后边去吃那种纯粹本地老百姓的饭食“锅巴菜”——一种带卤汁的绿豆煎饼条。这种大众的小吃店要先买竹制的饭牌，然后排队凭牌去拿饭。这里人多，凳子少，人们都是先找一个凳子，拎着凳子排队取饭，韦君宜不懂这里的俗规，见有个空座位就坐上去，不想这座位有主儿，人家去拿筷子，桌上还放一碗刚取来冒着热气儿的锅巴菜，一见韦君宜占了座位，便大吼大叫。这人一看就是个悍妇，长相蛮横，人也厉害，韦君宜慌忙站起来躲开，她还不依不饶，将韦君宜吓得吃惊地张着嘴。我忙上去又道歉又解释，那女人嘴里依旧不干不净地叨叨。

待我给韦君宜找来凳子，取来锅巴菜，她吃了半碗就吃不下去了。不知是不爱吃还是给吓的。我一直送他们上了火车，她也没怎么多说话。

回来之后我就犯起嘀咕，我想我把事弄砸了，干吗不请他们去个小馆子弄两个炒菜？这一来说不定把人家得罪了，借调写作的事可就泡汤了。万万没想到一周后李景峰把电话打到我所在的单位，用他那种带着东北腔的高调的嗓门在话筒里说：“我们领导挺欣赏你，催我去你的单位办借调，我明儿就去天津。”

人文社领导居然没生气，她这么好。我喜出望外，立即准备赴京。我拿到的地址是：东城区朝内大街 166 号——这是个什么样的地方？

二、一屋子作家

后来才知道，这里是我一生中注定要背井离乡在此生活近两年的地方。

一座临街的长方形灰色的大楼，一排排紧闭的窗户总共五层。一进楼门两边走廊，挂满白花花写满墨笔字的大字报。人一走过，大字报纸被风带得哗哗响。只有开门的地方没大字报。不过这时的大字报已经没有当初那么杀气腾腾了，都是“批判四人帮”、“小爬虫”、“打砸抢分子”之类的话语。我从中找到一扇门钻进去，一问才知小说北组和南组都在三楼。那时人文社的小说编辑室分南北两组，以长江为界，将南北两地作者分由南组和北组负责，我在北方燕赵之地，自然属北组。

一进北组，靠墙一圈八九张桌子前坐着的全是老编辑，每人书

二、一屋子作家

桌上都堆着满满的书稿，连地上都是一摞摞用纸绳捆着的厚厚的装书稿的牛皮纸袋，上边写着书稿的名字。此后才渐渐认识了这些老编辑：王笠耘、王鸿谟、许显卿、张木兰、李庶、谢明清、邢菁子等，并知道五六十年代的长篇名著如《青春之歌》、《三里湾》、《林海雪原》等等的责编竟然都是他们，他们都有相当深厚的编辑功力和文学修养。此刻，他们扭过头从不同角度瞧我，叫我有点发慌。一慌差点忘了我来找的李景峰叫什么，只用手指指这张已经熟悉的挺白净的笑嘻嘻的脸儿。李景峰先给我引荐了一位胖胖的和善的中年女编辑，告诉我她也是我的责编，叫邢菁子，“以后你归我俩管，韦君宜是你的终审。”说完便带我到四楼西北角一间大屋子说：“你就住在这儿，这一屋人你有两天就熟了，全是作家。”

定神一看，满屋是床铺、桌子和人，有的在埋头写东西，有的聊天抽烟，有的躺着睡觉，有十来个人，更像大车店。这些人全是生脸，也没人认得我，却有两位热情地告诉我，靠窗那张床和床边一张小木桌和木椅子是我的。不一会儿李景峰就笑嘻嘻抱来一堆东西。一个竹壳暖壶和两个水杯，几本每页五百字的空白稿纸，一本《现代汉语词典》。他说 :“行了，东西都齐了。你在哪儿吃，哪儿买饭票，哪儿上厕所，哪儿寄信就问问他们。你把你的窝儿归置好就开始干活吧。”

屋里没柜子，我找个纸箱子，把从家里提来的装着衣服杂物的大书包塞在里边，放在墙角，将毛巾搭在床架上，再把另一捆资料图书打开摆在桌前，铺上稿纸，我的正式“写作生涯”就这么纯粹地开始了。

李景峰和邢菁子都是训练有素的、严格得有点苛刻的编辑，尤其是景峰。他首先教给我系统的标准化的改稿符号。他每看过一页我的文稿，就会把里边所有标点错误和错别字，像捉虫一样“捉”出来，用红笔纠正，像老师批改作文，也像在警告我。那时的编辑是要和你讨论作品人物的，直到把人物谈活了谈深了，再由你去改，当然他不会把他的观点强加进你的作品中，但如果你写得不确切不合理不充分，他会把稿子毫不客气地打回来。我感觉他对我像在“挤牙膏”。他却笑道 :“谁叫你有潜力，可是不尽力。”

记得一位美国作家对我说她的编辑更厉害，有时还会动笔删去一段甚至加上一段。我说如果你反对呢？她说我会把我写的那段恢复回来或把她加上去的那段删去，我们常在稿纸上打架。我说，这很美好，你的编辑已经把你的作品当作她的作品了。我这样说，是因为我和我的编辑也是这样的关系，不过李景峰和邢菁子很少在我的稿子上添加什么。有时在稿纸边上加一句是给我看的："怎么这个错别字又露面了？"

在人文社最受尊敬的是韦君宜和社长严文井，并非因为他们是"社领导"，而是他们的文品与人品，他们在"文革"中都受尽折磨。有趣的是人们对韦君宜的称呼，当面郑重其事地叫她"君宜同志"，背地里反倒亲切地称她"韦老太"或"老太太"，这恐怕与她的性格有关。她很低调，不苟言笑，人却耿直善良。后来读了她的《思痛录》才更深刻地了解她是个"思想性"的人物。我与她接触的这段时间里，总觉得她郁郁寡欢，是不是缘自她的心正处在对国家与民族反思的痛苦中？

那时，在楼里偶尔会碰见她，她最多点点头便走过，很少说话，但她审我的稿子时用笔说的“话”却很多。她改稿的方式很特别，常常用蓝、黑、红三种颜色，先用蓝改一遍，再用黑改一遍，最后用红色圆珠笔或铅笔。这表示她是一遍遍看过的。她是终审，终审通常看一遍。我不知道她审别人的稿子是否都看好几遍。我却从中看出她对我严格的要求与有心的帮助。那天，李景峰跑到我屋来，把五十多万字一大摞书稿往桌上一放说："天天玩！不好好干活，老太太一看就火了，把你稿子毙了。"

我听了还真的吓一跳，再看稿子就乐了。我说："毙了还用费这么大劲儿改？"

李景峰说："你这家伙还真鬼，要不老太太说你聪明呢。认真看看老太太那些意见，老太太说你要是看不明白就去找她。"

韦君宜的办公室在二楼楼梯旁，房间很小，桌上堆满书稿，一盏台灯，一个挺大的白瓷笔筒，里边插满笔，还有些平时随手塞进去的乱七八糟的小东西。有时她要找个大头针或曲别针，便会把笔筒翻过来，将里边的东西哗啦全倒在桌上，从中去找。这些东西里还有牙签、眼药水、饭票、按钉、皮筋、衣扣、发卡等等。但她在稿子上却一字不苟，她的心思全在稿子上。忠于文学——这是她给我最深的印象，也是对我最主要的影响。

那时我的生活在人生的底线上。

洗脸没有香皂。一方块最廉价的含碱的肥皂洗衣服也洗脸。一个月用三十五元，余下的钱留给家用。地震后房倒屋塌无家可归，妻子带着孩子寄居朋友家，妻子上班很远，骑车一趟要四十多分钟。冬天孩子放学妻子还没回来，屋里没炉火，只能在地上不停地蹦，好使身子发热。我在北京改稿，一日三餐加上两包烟，再没别的花销，吃饭时只能买价钱最低的菜，烧茄子一角钱，炒菠菜五分钱，菜不够吃就找师傅要一勺菜汁。有时馋得厉害就到隔壁北小街街口的小面馆，花三角五分钱，买五两小肉面，狼吞虎咽吞下去，然后像富翁那样挺着肚子走回社里。隔一阵子，李景峰把我叫到他家，吃一顿韭菜肉馅的饺子，对于我，这一顿有肉的饺子和国宴没什么两样。谁知道这些事让韦君宜知道了，她特批给我每月十五元的补助。她肯定知道我这么大的身个，顶不住如此艰辛的脑力劳作。这使我终于可以多吃一些烧茄子，甚至一盘洋葱炒肉片了。这是救命般的支持，让我感到一种母亲般的温暖，她和我母亲是同时代人，比我母亲小两岁。然而，她见到我却从不提这事。一次，她给我一个书单，叫我到人文社资料室去借这几本书，有李伯元的《庚子国变弹词》、刘孟扬的《天津拳匪变乱纪事》,还有马克里希的《天津租界被围记》等等。我很奇怪，她并不研究近代史，这些很偏的书她怎么知道并读过？

在人文社四楼上那段日子虽很艰苦，但很特别，也快乐。那个时代，人很少攀比。其实人的烦恼一半是比出来的。我们那一屋子“作家”，都没出过书，都有希望出书。大家来自各地，各有各的经历和故事。写东西的人都关注生活里有意味的事，都有一肚子故事满脑袋杂学，于是搁下笔的时候就天南海北聊大天。记得那时我们都抽烟，我抽天津最廉价的“战斗牌”卷烟，有时天晚了，没处买烟就抽别人的，虽然都穷，没人吝啬，彼此烟茶不分家。有时写到夜里没烟抽了，就在地上拾烟头，将烟丝弄出来，撕条稿纸卷上，舌头一舔用唾液封了口，点了便抽，那一口挺过瘾。这种日子这种滋味现在想再尝一尝也没有了。

四楼上还有两个编辑室：一是古典文学，一是外国文学。这两种书皆我所爱，编辑们又都有见识又有学问，有的本身就是学者或翻译家。比如矮胖胖的刘辽逸，我曾读过他翻译的托尔斯泰的《哈泽·穆拉特》，十分钦佩他译笔的干净又有韵味；还有《莱蒙托夫传》的译者孙绳武、《斯巴达克斯》的译者施咸荣、《怎么办？》和《屠格涅夫文学回忆录》的译者蒋路等等，他们学识渊博，聊起外国作家就像聊自己的老朋友，生动又快意。还有拉美文学编辑室的王央乐（王寿彭）给我印象很深。他身材略胖，戴一副圆眼镜，鼻子发红，人很随便，健谈。他精通西班牙和拉美文学，那时他还没有译出《博尔赫斯短篇小说集》，但他谈起《堂·吉诃德》，好像那本书是他写的，他似乎记得每一个细节。我特别喜欢听他侃外国文学。那时“文革”刚过，古典文学与外国的文学尚未摘下“封资修”的帽子，出版业务尚待恢复，却常可以看到一个或高或矮或胖或瘦的人怯生生上四楼来，走进古典文学或外国文学编辑室，很快引起里边一阵喧哗，过后听说是哪位编辑被落实了政策，刚从什么农场返回北京上班来了。凡这种人都把制服穿得规规正正，头发整整齐齐，好像假释出来似的。

我和这两个编辑室最热烈的接触是通过打乒乓球。那时人文社二、三、四楼走廊西端都各放一张乒乓球台，逢到上下午工间休息时候，便各拿各的手拍来赛一场。游戏规则是打十一分，谁输谁下，按照先来后到排着，轮到谁谁就上。别看这些编辑文质彬彬，打球却各有绝招怪招。有时业余球手的球挺怪异，很难应付，尽管动作不规范，谁也不追究谁。我当过运动员，应变能力是天生的，很快就有法子克制他们，不过我不会总霸着台子，连胜两次过了瘾就故意“喂球”，让人家赢。在人文社打球最大的快乐如同下棋，一边打球一边斗嘴，说说笑笑，其乐融融。

当然，四楼的“作家们”也有痛苦的时候，那便是某位作家的书稿改不出来，被中止出版，要卷行李回去了。这时候我们这些同屋的伙伴便会约上他到外边小馆子喝点酒送个行，大家尽力说些宽慰的话。可是真待到这位走了，空了床，也招致一些伤感与叹息。

其实逢到这种情况，并非这个作家无能，而是一种时代悲剧。这里不少作家都有挺不错的写作能力，发表过一些文章或短篇，他们拿到这里修改的小说多是长篇，起笔于“文革”之中。在“文革”的文化淫威下，必须按照“文革”文学的套路写，写现实的小说必须写阶级斗争，要有一正一反两个人物，正面人物高大全，反面人物阴险狡诈，人为地制造冲突，经过反复和殊死的斗争最终以正面人物胜利告终。这种必须和政治搅在一起的概念化写作是灾难性的。“文革”期间的政治斗争不断变化更迭，小说的正反面人物便随之更换角色，故事情节也得跟着改变，一变就得重写几十万字。一位铁岭的作家人很好，面孔黑黑，挺瘦，爱抽烟，他在林区多半辈子，生活底子厚，肚子里装满乡土故事和传奇，各种民间奇人招之即来，而且他会说故事，讲起来有声有色，也幽默，换到今天来一点魔幻说不定会是一位出色的作家。我们喜欢听他胡讲乱侃，但他这些本来是文学最重要的东西却用不上，在“文革”小说中最重要的是紧扣现实政治的主题，生活仅仅是一种“装饰材料”，不能为政治服务就不能出版，致使这里一些作家多年来就是这么翻来覆去地改。正面人物今天是造反派，反面人物是走资派；明天政治风云突变，反面人物变成造反派，正面人物换成老干部。据说我到人文社之前三四年他就被借调到社里改稿。好好一个人给折腾来折腾去，整天愁眉苦脸，烟抽得愈来愈凶，脸色黯黑下去，他却执意不肯罢手，终于有一天编辑说你别改了，现在反面人物是“四人帮”了，你这小说怎么也改不出来了。他只好卷包走人，后来听说他得了绝症，死在铁岭。

文学也能害死一个人，这是什么文学？

冥冥中，荒诞了十年的文学正在等待新的时代涤荡。然而新的时代文学在哪儿呢，将会是怎样的突破？来自何方？谁也不知道。1977 年夏天住在朝内大街 166 号的作家们大都是顺由“文革”间既定的“帮味”思维写作，并不自觉。

三、后楼的生活

25×20=500　　人民文学出版社稿纸

三、后楼的生活

我在四楼这间大屋里住了差不多两个月，便被安排到外文编辑室对面的小房间，仍是很挤。一间长形的十五平米的房间，纵向放四张单人床四张小桌，很像现在的大学生宿舍。每个人都有社交，外边的朋友常有来访，这间写作室又是公共的接待间。每逢此刻，你说你的，我写我的，互不妨碍。这样的环境把我锻炼得在街头摆张桌子也能写作，以致后来在一些乏味又脱不开的会议上，照旧可以放开想象自由自在写我的东西，以摆脱无聊和节省时间。比如我的小说《胡子》、散文《春天最初是闻到的》等等，都是在大会中忘我也"忘会"地写出来的。人文社锻炼出我"会议写作"的童子功。

天热时，儿子冯宽放暑假，妻子上班，没人照看，我便带他到社里来。屋里再也摆不下床，我便叫儿子睡在床上，我在床边地下铺报纸睡在上边。好在暑期热，地上睡反倒凉快。白天我写东西时，韦君宜的儿子都都来找我儿子去玩。

都都傻乎乎，天生有点缺心眼，十六七岁了，还像个儿童，人很善良热心，我挺喜欢他，有时买烟时带两块糖给他吃。韦君宜见他大了，怕他到社会上受欺侮，就带到班上，给他个活儿，天天给各屋送信送报。都都整天抱一摞报纸信件，在楼里上上下下跑来跑去。他做事特别认真，绝不会把报送错，大家也都喜欢他。我儿子当时九岁，他们却像同龄人那样玩得来，天天玩得高高兴兴。一天居然弄些白纸和墨，仿照大人写大字报那样贴在四楼走廊上。我同屋一位外号叫“小佛爷”的作家对我说：“你快去看吧，你儿子写了什么？”我去一看，竟然满墙都是歪歪扭扭的墨笔字“冯骥才万岁！”把我吓坏了。“文革”后心有余悸，这几个字犯大忌，在“文革”中是要坐牢的。我赶紧把这些“标语”扯下去，把儿子训得直哭。孩子一哭我反而有点难过。在这种办公楼里，爸爸整天低头写东西不理他，他能玩什么？

一天我决定带他好好玩一次，去香山！我俩乘公共汽车到颐和园，换乘 44 路那种后边背着烧煤的发动机的小公共汽车到香山，在山下山上尽兴玩了一天，下午饿了，在山间小馆买两碗米饭一碟醋熘白菜，儿子看邻桌有人吃鱼，便对我说：“爸爸，咱也买条鱼吧。”我说：“咱要吃鱼可就得走回去了，咱剩下的钱只够买车票了。”儿子懂事，接着吃白菜。

儿子还是很好的伴儿。晚饭后有时我和他在楼后边的院里踢踢球——那是从外文编辑室借的一个破排球。有时带着儿子，端着一盆换洗的衣服到食堂旁的水池洗衣服，洗好后回去儿子赤脚站在床上，把衣服一件件晾在横在屋内的铁丝上。儿子把衣服晾得还挺像样。

这期间，时代的思潮微妙地起了变化，最明显的是又有几个作者书稿改不出来了，实际是判断作品标准变了，于是一个个打道回府，随后开始有些新面孔来了，比如叶辛、朱春雨、冯苓植、程树臻、刘亚舟等等。有的人住几天走了，有的人住了下来。

另一个新的变化是人文社决定在后院盖一座折尺形四层红砖小

楼，一面朝北一面朝东。这座小楼的一半活儿是人文社职工自己干的。他们到很远的地方去拉回砖，在工地上干得热火朝天。我在地震时盖过多处临时建筑，通点泥瓦活，再加上那时年轻劲足，拿干活儿不当事儿，常帮他们抬沙拌灰，也就跟社里不少年轻人成了朋友。小楼很快盖成，楼下车库，楼上办公，挺漂亮。首先受惠的是作家们，很快就全部由前楼迁到后楼去了，条件也改善了，两人一间屋。我住在二楼东边朝北的216房间，新墙新窗新桌新床，一时有成仙之感。我还用高丽纸画了一幅墨荷贴在墙上，可见心气儿之高。

此时，我和李定兴的长篇小说《义和拳》已经通过三审付印。五十五万字的书稿从肩膀上一字不剩地卸下去，也有盖完一座楼的感觉。人文社很给这部书使劲，请了茅盾先生用他擅长的瘦金体题了书名，还请上海的插图名家贺友直先生画了插图。

记得韦君宜给我看茅盾题写的书名字时，在那一页不大的纸上，竟写了十几条“义和拳”。韦君宜告诉我茅盾先生说怕题不好，多写几条由我们挑。这叫我很感动，并一下触到了这位大家的品格。

此时的我精力极是旺盛，歇也没歇，马上就开始写《义和拳》的姐妹篇《神灯》了。由于时代思想禁锢放开，原先积淀在我心里的天津地域的乡土生活与情怀全涌了出来，笔也顺了，我想一口气先把初稿铺出来，这样全书会有整体性，也会一气贯通，有时一直写到深夜。有一天我完全陷入小说的情节中，忽然对面大楼铃响，窗户一扇扇亮起来，跟着院里又是人声又是汽车的发动机声。我以为出什么事了，扒窗往外一看，只听一个女人在院里喊：

“冯骥才你怎么还不睡呀，天都快亮了。”

这是办公室余维馨大姐的声音。

我忽然想起，今天人文社要全体去郊区收麦子，起早到社里来集合出发。

当时和我住同屋的是刘魁立。他来自哈尔滨黑龙江大学，是一位理论修养深厚的文化学者，又是俄语专家，精通苏俄文学。我几乎喜欢所有俄国作家，所以同他聊得来，处成好友。他是外国文学编辑室请来修订《钢铁是怎样炼成的》译稿的。为人谦谦君子，十分自律，可后楼里的作家多是性情中人，随心所欲。大家在一起处久了，相互厮熟，都很随便。我个子高，到哪个房间，习惯性地抬手敲几下门上边通风用的小玻璃窗，屋里边的人便知道是我，不用他出声，我推门就进。来自部队的作家朱春雨口袋里有个硬纸片，是他开门用的万能钥匙，他想进哪屋，把纸片往门缝里一插，再向上一抬，把碰锁的舌头挤进去，门便开了。我要是发现屋里一本新书不见了，一准是叫朱春雨进屋拿走了。大家与我要好，想来便来，坐下来就胡侃。刘魁立怕打扰我，也怕人打扰他，每晚就到对面四楼上的外国文学编辑室工作。我们约定好，午夜十二时在窗口相互打手势询问，如果都想睡了，由上向下摆摆手他就下楼回屋睡觉。那时没电话，这种彼此探询的方式反倒深刻地留在共同的记忆里，想起来都带来一种往日的温馨与亲切。

住在后楼里的作家各式各样。彼此最不相同的人可能就是作家，因为写作本身就是一种极端个性化的事，写作反过来又把作家们改变得千奇百怪。

使我三十年来一直未能忘怀的有为人敦厚的新疆作家沈凯，性情温存的云南作家陈见尧，倔强又率直的东北作家木青，神神叨叨虚虚乎乎的部队诗人王群生，再一位部队作家就是刚刚提到的手里有“万能钥匙”的朱春雨。朱春雨是位绝顶聪明的人，这世界里那些看不见的“弯弯绕”他全清楚，他讲出来的故事都有滋有味全像小说。我当时认为他会写出很棒的作品，却一直没有等到他这样的东西出来。后来见到过他几次，他明显带着怀才不遇甚至有点气哼哼的感觉。我总在想朱春雨缺了点什么，他缺一种思想的锐度与穿透力吗？他是那种口才好于文笔的作家吗？他囿于前一代文学思维而落伍于时代了吗？如今他已不在世，我却保存着一张稿纸，下端写着一行字“大冯的早餐”。纸上有一块油迹，那是朱春雨有幸参加一次晚宴，见猪排好吃留一块带给我。回来时见我睡了便把猪排留在案头一张稿纸上，写了这行字。那块猪排给我吃进肚子里了，这写着朋友情意的带着油迹的纸给我夹在本子里。看来人的情意有时比生命更长久。

还有一位留给我深刻印象的作家是写《阿力玛斯之歌》的冯苓植。他笔下虽然狂放浩荡，人却镇定而缄默，低调中有点孤僻。他很善良，尊重别人，当然你也必须尊重他。他写作很严格，有洁癖，一页页干干净净的稿纸上，字写得端端正正。那一代作家中字写得最为精工的有两位，一位是李国文，写得比印的清晰整洁，一位便是冯苓植。冯苓植若在一页纸上写错便撕掉，重写一纸；若是修改，就另写一条规规矩矩剪下来贴上，在那个没有电脑的时代，我们称这种改稿方式为“剪刀加糨糊”。我对冯苓植笑道：“你是世界上用糨糊最多的作家。”还称他的手稿是纯手工的“工艺品”。他的名篇《驼峰上的爱》就是用这种“手艺”改出来的。

渐渐地，我在后楼上已经算“老人儿”了。从四楼外国文学编辑室到一楼美编室，社里的人至少认识一半，特别是年轻人。大家常在两楼间的院里踢足球打篮球。踢足球没有球门，就拿一楼车库的铁门当球门，只要一脚把球踢在车库门上，砸得铁门哐的一响，就算进球。打篮球可以“正规”一些，因为院里有个篮球架，球筐离地三米多一点，还算标准。我们渐渐拉起一拨人，班间休息或中午就玩三人一组的“顶牛”，后来加入的人多起来，便组成一支球队，我当教练兼队长，常在中午跑到周围的机关单位比赛。人文社虽没有篮球高手，却十分卖劲儿。比如散文编辑室的刘会军，盖后楼时就属他干活不惜力气，我就叫他当后卫，盯住对方的得分手，谁想他与人较上劲时像角力，抢球像抢西瓜，真叫对方很难得分。一次我们去马路对面外交部打球，把外交部赢了，社长严文井知道后很高兴，说给人文社争了光，居然奖给球队一人一套红白相间的运动装，一双回力球鞋，背心白底红字，上边印着“人民文学出版社”七个字，穿出去很像回事儿，我是 6 号。这支球队一直打到那年天凉，冬天没人玩了，转年夏天，我不常在人文社，球队也就作鸟兽散了。

还有一件乐事是周末到工体（工人体育场）看足球赛。那时人们没把足球看成要死要活的事，只为热闹好玩。看来“快乐足球”更应该属于球迷。司机班有位姓张的司机师傅是超级球迷，天津人。工体每个周末都有球赛，张师傅有办法弄到票，到周末饭后站在院子里朝我窗子，用地道的天津话一叫：“大冯，看球去了！”我便从楼梯连蹦带跳跑下来，到工体尽劲儿尽兴闹它两三个小时。

进入 1978 年后楼的生活有了变化，开始有了一些曾经知名的老作家住了进来。比如敖德斯尔，早在五六十年代就出版过一些小说集。如《布谷鸟的歌声》、《在遥远的戈壁滩上》等小说，使他在“文革”前就成为蜚声文坛的蒙族作家。敖德斯尔住进来，一时成了后楼的新闻。整天神秘兮兮的王群生跑到各屋说，敖德斯尔刚刚平反摘帽，人文社要给他出新书了。不管这消息实不实，反正文坛和社会一样正在发生季节性的转机。我父亲单位已经叫我去填写家里被查抄物资的清单了。

我返津去了父亲所在单位，在一个巨大、黑乎乎、气息陈腐、东西堆积如山的查抄物资仓库里，认领家中被抄的东西。我只认出一幅很小的溥心畬的山水画和一个成化款的青花瓷瓶，那是姥姥当年从济宁带到天津来的。我知道我不会认出再多的东西了，因为“文革”中我家是挨抄的重点，我经过的大小抄家至少二十次以上。该抄的抄，该砸的砸，早都不知去向，我也早不去想那个恍如隔世的家了。

敖德斯尔是个看上去挺朴实的人，不大爱说话，他和老伴就住在我对面的房间。自从住进去，他很少出来，闷在屋中写稿改稿，有时他老伴提着暖壶下楼打水。我很长一段时间才看清他的长相，但天天夜里却能整夜听到他的声音——鼾声。我生平第一次听到如此大的鼾声，初听以为起大风了。后来与他老伴熟了，问他老伴耳边这么大的鼾声能睡着吗？他老伴却说，听不到他鼾声反而睡不着。转年看到人文社出版了他的电影文学脚本《蒙根花》，大概就是这期间写的。

没多久，后楼与我同层另一朝向的走廊顶头出现一个人，身材宽大，低着头戴着眼镜坐在那里看报。第二天第三天还是这样子，我很快就知道了，他是大名鼎鼎的散文家秦牧。

秦牧是我崇拜的作家。他的《艺海拾贝》、《花城》是我读了多遍的作品。尤其是《艺海拾贝》，我曾将它与帕乌斯托夫斯基的《金蔷薇》一并放在床头，睡觉前拿起翻读。这两本书有某种相似，都是用联想方式在各种艺术与文学之中追寻艺术的原理。比较而言，《金蔷薇》更多在文学的感觉与灵性中求索，《艺海拾贝》则于广博的认知世界里寻觅。据说“文革”中秦牧是广东文艺界头号“黑帮”，此刻他安闲地坐在这里读报，说明天下已经变了。

秦牧总是安静地坐在走廊尽头的阳光里不声不响，眉头总是皱着，不知是他尚不知如何面对变化了的世界，还是性情使然；由于他名气太大，很少有人过去与他聊天。后来知道他是来主持《鲁迅全集》的注释和出版的。不过这期间他已恢复了散文写作，1978年和1979年人文社出版了他《长河浪花集》、《长街灯语》等好几本散文集子，大约也是他住在后楼里这期间编写的。一次我妻子来看我，我提到秦牧也住在楼里。妻子爱读他的散文，很想见见他，我就领着妻子大着胆儿去拜访他。谁想他那么热情、温和与亲切，反倒使我更拘束，差点把他给我沏的一杯热茶碰翻。如果碰翻，我想直到今天回忆起来都会觉得狼狈的。记得秦牧问我当时的写作，问我们的生活，我不记得我说了什么，至今还保存他当时送我们的一本书，是老版的《花城》，上边还签了名。

由此，每逢见到他，他都会笑眯眯的。他的体态和脸型像北方汉子，皮肤也不细腻，一笑却是南方人温和的笑容。我呢，还是不愿总去打扰他，那时代的人对长辈与前辈都有点敬畏。有一次我从车站到人文社的公共汽车上，为人打抱不平而制服一个无理取闹的恶汉，不知怎么让他知道了。他竟写进一篇散文《文坛四条壮汉》中，把我称赞一番。秦牧在后楼住的时间较长，后来不见了，大概回广州了吧。

大约 1978 年夏天，小小的后楼里各种小道消息忽然多了起来。

后楼的作家来自四方，各有各的朋友群，各种消息便纷至沓来。那时大家兴趣最大的还是谁谁谁平反，谁谁谁出席什么会了。这时候最忙的当属王群生。他常常把听说的变成眼见的，他睁着鼓鼓的大眼睛告诉你："今天我看见丁玲了。"或是"你猜我在交道口见到了谁——艾青！"如果你露出吃惊的神情一定会给他极大的满足。自然，他专挑名气大的作家说。

这时，听到一个重新出现的名家，都像隔世重生，给人们带来一种冬去春来的欢欣。当然，在说到惨死于"文革"中的老舍、傅雷、闻捷、郭小川、赵树理、杨朔、远千里等人时，不免长吁短叹。活不到黎明的人便是黑暗的牺牲品。

一天，王群生忽然闯进屋对我说："你猜谁来了，曲波！现在就坐在小说北组。不信你去看。我看见的是真的！”我去到前楼小说北组，隔着门看到我中学时代十分钦佩的小说家的侧脸。他真瘦，若在别的场合遇到他，决想不到这副身子骨能写出杨子荣来。

另一件发生在人文社的大事是一小批外国经典小说重新再版。记得有高尔基的《母亲》，果戈理的《死魂灵》，傅雷译的巴尔扎克的《欧也妮·葛朗台》、《高老头》和《幻灭》，雨果的《悲惨世界》，托尔斯泰的《安娜·卡列尼娜》，伏尼契的《牛虻》等。这些书我原先都有，都是心之所爱，抄家时红卫兵逼着我在院里全烧掉，而且限时两个小时。我的书太多，而且书页之间没有氧气烧不着，我急中生“智”，把书立在地上，扇状打开，二十五本一排，烧了两小时居然烧光——原来我还是个“焚书”专家。然而没想到这些书还有“回来”的日子，看来真正毁不掉的不是物质而是精神。

到了这些新版的外国小说发售那天，我们后楼上的几个作家便把抽烟的钱都从口袋掏出来，跑到东四北大街和朝内大街相交路口的那家新华书店去买。书店头天晚上就在门板上贴出告示：“明天上午九时出售世界文学名著”，告示所用的纸却只有巴掌大。虽然这些书正式出版了，但在卖这种一年多前还被列为毒草的“黑书”时，仍然不敢大张旗鼓。可是第二天早上八点到了那里，已经排了至少一百多人的长龙，九点开门，每人限购两套。我们原想买了书重新再去排队，但队伍反而增加到二百多人。人们说说笑笑，心里高兴，从“文革”过来的人精神之饥渴到达了极点，此刻的兴奋可以想见。可是，在这些新版书前的《出版前言》中，还都印着几句批判性的话语。比方在《安娜·卡列尼娜》的《出版前言》中就把列宁批评托尔斯泰“狂信地鼓吹不用暴力抵抗邪恶”之类的话搬出来，在《悲惨世界》的《出版说明》中提醒读者说“这部名著仍有消极的一面”；流露出编辑心存余悸，“文革”的厉害可想而知。

“文革”的“余威”依然在当时的生活里。

一天，李景峰到我房间来，倒背着手，笑呵呵说：“可别骄傲呵。”忽然把两本厚厚的崭新的书拿到我眼前，一晃，几个头戴红巾手舞大刀的人好像要跳出来：《义和拳》终于问世！我拿来一翻书页，带着油墨芳香的风扑到脸上。任何一个年轻人头一次见到印着自己姓名的新书都不会激动若狂，反而会有点不信。当时的我拿着新书只是傻笑。李景峰说要不要到办公室给你爱人打个长途？那时打长途是一种生活的小奢侈。我摇头说不要，但景峰走后我便悄悄跑到东四邮局把这顶着多年苦楚才实现的梦告诉我妻子。她在电话里半天没说话，我还以为电话断线了呢。

随后人文社的又一个转机恰好落在我身上，就是恢复稿费。拿到第一笔稿费的是两本书的作者。一个是已经逝去的诗人郭小川，由他女儿代领；一个是我和李定兴，稿费是三千三百元，这笔钱在当时算得上一笔“巨款”，我当时工资是五十五元——五级工的月薪。我到隆福寺的中国银行去取这笔钱时，柜台里的银行办事员们——胳膊上大都套着套袖——站起来看我，好像遇到一个幸运的怪物。我相信当时柜台里的年轻人恐怕没听说过稿费这个词儿。

四、一个诗人的自我拷问震动了我

25×20=500

人民文学出版社稿纸

四、一个诗人的自我拷问震动了我

1978 年的春天，我个人生活出现两个变数。一个是我供职的七二一大学在教育体制变革的躁动中被取消了，我必须回原单位去画画；我当然不愿中断刚刚起步的文学，何况天津文艺创评室在考虑调我去从事文学创作。那时期，作家协会还没恢复，老作家还没有全“归队”，缺兵少员。我至今还保存着一份“申请书”，以当年打球留下的“左膝关节半月板损伤”为借口，争取脱离原单位。当然，同时必须创评室接纳我，否则我离了这岸却上不了对岸，就会掉在河中间了；可那时调动工作极难极难。另一个是我原先住的那座老楼顶层的阁楼在地震中已经塌毁，房管部门为了图省事，打算削层，这一来我就真的无家可归了，我不能总寄居友人家。友人已经几次客客气气地问我那阁楼什么时候修复了，这等于催我离开。

我的人生前边有两个没底的坑。

这期间我在北京和天津之间来回跑。好在兜里有稿费，不用考虑往返京津的车票钱了。可是我的长篇《神灯》还在写着，小说情节和人物故事还在脑袋里不停地转，人却在北京天津的人文社、美术厂、房管站、创评室、落实办、地震办这些单位跑来跑去；消息时好时坏，希望时有时无。人生的每一个环节都使出吃奶的劲儿来努力争取；每一个可能都得像救命的草出现那样必须及时抓住。这中间还有个插曲，经热心的朱春雨和王群生介绍，部队一个部门的文学创作组想要我。二位好友很使力气，但是我的家庭出身成了绊脚石。“文革”虽过去，家庭出身这道红线还在，我这种“黑五类狗崽子”的帽子还拿在人家手里，王群生天天来送消息，就像气象台报天气时晴时雨。

无论什么事总会有转机。先是我住房的事现出光明，房管站答应可以不削层，但房屋修缮队人手不够，必需住户帮着干。我马上答应，自称土建的活儿多少能干一些。这便天天像上班那样到老宅子那边和工人一起干活。一边运砖、拉灰、递砖、打下手，一边给他们送茶水、让烟，陪他们闲聊。一个多月过去，简易式轻体的顶层房子盖起来了，心里踏实多了。好像鸟儿有了窝，不用再天上飞树上落，只是工作调动的事尚无头绪。

一个坑填平了，另一个坑还空着。这期间，只要有一小段时间就返到朝内大街 166 号，钻进后楼 216 室，接着写《神灯》。

就在这个阶段，文坛出现了一件极其重要的事，是刘心武《班主任》的发表。当后楼一位作家把这篇小说送到我手里，一看，立即受到了很大的震动，人文社的后楼也像遭到地震一样。它不仅是当代文学从来没有过的现象，也是没有过的文学思维，这在当时是不可思议的。它带着一种非凡的思想勇气，一下子把“文革”后的文坛乃至全社会压抑着的一种巨大的能量引爆了。一个新时代的突破口出现了。每个有良心的作家都会去想文学应当做些什么，也会反观自己。

刚刚复苏的文坛还很缭乱。谁也不认识刘心武，谁都会谈到刘心武，当然，想狠批刘心武的也大有人在。因为“文革”尚未被全面否定，“文革”的思想恐怖还像幽灵一样在空气里飘荡。

那是一个乍暖还寒的时期，严冬退去之前一定要和初至的春殊死相搏。偶尔从什么地方刮来一些寒潮，你会以为严寒仍在，一阵无形的春风又使勃勃生机来到人间。

那时开始有些作家们相约聚会。我也被人拉去参加，但我初涉文学，对“文革”前文坛的人都不认得，有的只闻其名，有的不知其名，却见他们相见分外亲热，彼此紧紧拥抱，甚至惊呼起来。由于长长十年不见，不通消息，这一见如同隔世相逢。有一次，参加人文社组织的儿童文学作家的聚会上，经人指点才知道主持会议的一位身体结实的女作家是柯岩。头一位被请到台上的竟然就是刘心武。他的言谈举止文绉绉，平和谦逊，爱说道理，像一位教师，和他小说锐利的文风全然不同。给我印象最深的是一位矮矮、清癯而精神健朗的老太太——冰心。我太熟悉她了，连她翻译的泰戈尔的不少诗句都能背诵。我喜欢她的文笔，干净透明，带着清灵之气。记得冰心站到台上一说，声音竟很洪亮。她说：“他们叫我坐着说，我说我个子太矮，坐着别人看不见，只好站着。”她真是风趣又爽朗，心态极好，天生的大家气质。

从 1976 年底至 1978 年，从打倒“四人帮”、平反昭雪、拨乱反正、落实政策、知青返城到思想理论上的“两个凡是”大讨论、实践是检验真理的标准与思想解放运动等等，社会发生着急剧的阴去阳来般的变化。人人关注时代关注现实关注思想。那是一个短暂的、思想激荡的、忧国忧民和满怀希望的时代。一种从生活深处涌出的社会情感与时代思潮，在寻求着文学的表达，而时代记录与心灵述说原本就是文学的本质。在那个时代，每个作家都有真切的心灵情感，都有文学的正义；当个人的遭际与国家的命运、人民的疾苦全然一致，当文学一旦摆脱文化的专制与禁锢，一定迎来一个全新的文学时期。

但自由从来不是别人的恩赐，而是自己的奋争。

一天，诗人叶文福震撼了我。

我已经记不得怎么认识叶文福的了，但有一段时间我们经常来往。那时他的诗集《山恋》刚出版，他还不是一位政治诗人，他率真无束与心灵赤裸的诗人天性让人喜欢。他无时不处在激动中，虽然他身穿军服，但好像军服与他无关。在那个特定的新旧交替的时代，他浓眉总是紧锁，黑黑的大眼睛闪烁着愤世嫉俗的光芒。有时他会突然哐的拍一下桌子，表达出心里的狂飙；有时会猛地站起来，高诵几句节奏铿锵的诗句，呼喊出胸中的块垒。诗人与作曲家往往都有些神经质，但他的神经里有忧患，有不安，有时代的真知。我已经感到他会有什么诗作要像惊雷一般问世了。那便是转年发表的《将军，不能这样做》。

这天，我们几个文友在沙滩一个小馆聚会，啤酒喝多了，都有些冲动。叶文福忽然哭了，哭得愈来愈厉害，以至痛哭出声。后来他说他在“文革”初期当红卫兵时打了自己的老师，而且很狠。他对不起老师，后悔难当，他恨自己，恨透了自己。他猛地大声说：

“我想自杀！”

桌上的酒瓶晃倒了。

这句可怕的话是从他肺腑里喊出来的。

他红着眼睛直对我说：“大冯，你要绝对相信我——我对革命是赤诚的，就因为赤诚，我打得才特别狠！”

他受不了自己曾经的狠，不能原谅自己的狠。

当今我已见不到作家和知识分子这种自我的灵魂拷问了。

他的真诚震撼了我。他喊出那被蒙蔽和欺骗的一代在人性和社会的良知苏醒过来时内心深切的痛苦。这使我忽然想到，“文革”中我“秘密写作”时写过这样一个类似的故事。

我所说的“秘密写作”与《义和拳》的写作无关。这里，我必需先把自己这个非同寻常、世间罕见的写作经历写出来。它不仅属于历史和过去，更属于我的今天，属于我心中真正的文学。

五、搁 浅

大约三天后我赶回天津，从我寄居友人处的床下掏出一个纸盒，里边全是写满字的破碎的纸片、纸块和皱巴巴的纸团。这便是我“文革”间冒着掉头的危险写下的东西，我所谓“秘密写作”的“作品”。

1967 年的年初，下着大雪。我当时刚结婚，住在睦南道一所西式平房后院一间很狭窄的小屋。有人敲门，开门一看竟是我的好友，他叫刘奇膺，在天津郊区黎园头中学教中文，喜欢古代诗文和中国画的理论研究。他是湖南人，一口湘腔，人很率性，酷爱吴昌硕，文章笔调老辣。在“文革”前（1964 年，我二十二岁）我们一起写过关于大写意画的文章发表在报纸上。“文革”开始时我们断了联系。我家被抄，单位搞揭批查运动时又被矛头所指，自身难保，他是教师，肯定逃不出“革命的巨掌”，彼此安危不知。这天

五、搁浅

黑夜在雪地的反光里见他竟然很瘦。我拉他进屋一说才知道他在牛棚关了半年，刚放出来，原本宽宽的脸竟折磨成一条竖线。他说他受了学生们的批斗，可悲的是，他平时最关爱、最接近的几个学生斗他斗得最狠。这几个学生不仅揭发得最致命，而且知道他有说梦话的习惯，每天晚上轮流值班坐在他床边，听他说梦话，然后用笔记下来，转天便审他这些梦话是什么意思。梦话本来是自己不知道的，话也没头没脑不成句子，学生们便逼问他，答不出就说是“反革命暗语”，批斗他。就这样他夜里不敢睡觉，怕再说梦话，最后失眠得厉害，吃不下东西，胃口也坏了，人也垮了。

那天——也就是从学校牛棚放出来的当天他就来看我，还没有吃饭，我爱人忙给他做饭。家里没什么吃的东西，只有点剩饭，床下放鸡蛋的鞋盒里仅仅剩下一个，便给他煮碗粥，卧个果儿，倒点酱油，他吃得还挺香。那晚我俩聊得很晚，抽烟抽得凶，他忽然吐一口气把我们之间的烟吹散，我见他瞪着的双眼布满血丝，很可怕。他说：“你说将来的人怎么知道我们这代人的经历，我们的痛苦，我们所想的……”

后来我不止一次把这件事写到我的文章里，如《命运的驱使》、《写作的缘起》，还有小说《雪夜来客》中。这事对我很重要。因为从这天起我开始了“秘密写作”。

我要做的事，是把我身边的人真实的经历记录下来。在那个巨大的灾难中每个人都是一个不平常的故事。灾难对人命运千奇百怪的“创造”远远超过小说家的想象。这种写作的写实性远远大于虚构。我一拿起笔来，笔就像自己在写，但这种写作是危险的、可怕的，如同自己在为自己制造死罪的证据。它必须是绝密的，不仅绝不敢对任何人说，连自己爱人也不敢告诉。当然，所写的多半是不完整的，有时只是一些片断。我怕万一被人发现，就把所写人物换成外国人的名字，上边还刻意署上一些外国作家的名字如库普林、亨利·希曼、萨克雷等，好像是从外国小说中抄下来的，其实这纯粹是自欺欺人，倘若被发现一查对，这些作家哪里写过这样的东西？即刻露馅——完蛋！

开始一阵子我写得特别多。写成的纸片就到处藏，为了方便藏，把字写得很小。我将这些危险的纸片藏到院子的砖下、墙缝、烟道中，还别出心裁地一层层用糨糊粘在毛主席和鲁迅的语录后边挂在墙上。可是愈写愈多就愈麻烦，而且自己愈是以为最秘密最可靠的地方，过后反觉得愈容易被发现——这是藏东西的人都有的心理，于是便找出来重藏。自 1966 年至 1969 年我住在睦南道 58 号后院下房（佣人房），到了 1970 年住在前院正房的一位军管会的政委以“后院住了两个狗崽子不安全”为理由，把我们赶到长沙路思治里 12 号的顶层阁楼。搬家时我必需仔细地将所有秘藏的危险的纸片全找出来，然后再藏到新居的各个犄角旮旯。记得在找这些秘藏的纸片时，我有点神经过敏，有时一个地方翻来覆去找了好多次还不放心。

那时，经常举行一些公判大会，主要是宣判和处决一批“现行反革命”。这种公判大会多设在城市各区的体育场，搭一个台，摆一排桌，坐着宣判者。台子上放几个麦克风和大喇叭，在把犯人押上来时，通过麦克风和喇叭将犯人的哗哗的脚镣声放大，达到震慑全场的效果。

参加公判会的人都是各单位组织的人，一排排站在会场上。一次在天津民园体育场的公判会上，判了二十二个人，那天毙掉了大部分，只有少数是死缓。先宣布死刑犯，一个个念名字宣判，待到一个忽然变成死缓时，那个人身子一软瘫了下来。叫他活，他反而承受不了。那天被判死刑的人中就有一个罪名是写“反革命小说”。

我爱人和我一个单位，她站在我前边不远，我望着她的背影心想，如果我被发现被宣判，她就要一辈子带着儿子守寡了，她会终生抬不起头、孤苦伶仃地生活，我不能毁了她！大会一散，我就回去把藏在各处的可怕的纸片翻出来，撕成碎末放在抽水马桶中冲掉。只留极少一些，用油纸卷成很细的纸棍儿，将自行车车鞍拔掉，塞到车子的立管里，自认为这是个极其绝妙的秘藏之处。

随之而来的一块心病是担心自行车的丢失。那时，我所从事的摹制古画的工作被视为“四旧”全部废止，画社的业务改为塑料印花，我做业务员，天天蹬着车四处联系业务，我必须时时留心我的自行车，万一被偷了，在别人手里发现了车管里的文字，依旧会大难临头。一天，我的车在单位门口不见了，我慌忙到处寻找，单位隔壁水果店的一位职工说叫派出所推去了，我当即吓得双腿都软了，到派出所一问，原来是街道治安纠察队为了不准自行车乱堆乱放，把车推去了。派出所的警察叫我到街道管委会去领。待我领了车回来，立即骑回家扛上楼，将车鞍拔掉，用铅丝将那些纸棍勾出来，统统认真看过，记住，然后烧掉。那一刻好像从死刑到无罪释放。晚间还买了一瓶啤酒庆贺“新生”。

后来我开始写《义和拳》，这样的秘密写作便渐渐远了。1976年唐山大地震中，天津也是重灾区，我邻居的烟筒砸在我屋顶上。我所住的那一排连体老楼的屋顶全都塌了。在清除地震废墟时，我忽然想到这破屋子的砖底墙缝间说不定还有当时秘藏的“秘密写作”的残余，我便不让任何人帮忙，自行清理自家废墟，完全没想到居然还从破瓦碎砖中找到整整一纸箱昔日的残稿。我想，现在那座楼的墙壁里肯定还有一些残存吧。

这期间，周总理去世，“四五”天安门事件发生，跟着毛主席也去世，未来不确定，我便没有再烧掉十年中这些极其特殊的断简残篇，全塞进一个小纸箱封存起来，但那时我并没有把它和自己的写作联系起来。

然而，叶文福打开了我这个秘藏的世界。

从北京赶回来便急渴渴把这箱残稿打开。可是，我翻遍所有纸片也没有找到当年记录下来的那个女红卫兵的悲剧故事。不知是被我撕掉烧掉，还是仍深藏在哪个砖底或墙缝里。这个故事是当年一位在内蒙古锡林郭勒插队的、酷爱写诗的朋友亲历的。虽然没找到原稿，那个漆黑的故事给我的感受还在心里，而且这些翻出来的残稿唤起我心底的积存——那些生活的、情感的、命运的、人性的、思考的，并一下子与当时正经历的时代的转折与觉醒，像两股激涌的洪流那样交汇一起，在我心里汹涌地翻腾起来。当年自发的秘密写作难道不是出于一种历史责任感？现在的反思难道不也是出于一种时代使命感？一瞬间这两个时期的“责任”连成一线。当年抄我家的红卫兵——像吃了兴奋剂无比高亢、气宇昂然的模样，还有叶文福的失声痛哭，把一个时代的荒谬、一代人的遭遇摆在我面前。我感到我的心我的笔颤抖起来。那些天我陷入从来没有过的创作冲动。我几乎是来不及再去想就开始动笔写了。

动笔在当年初夏。我写得很快，也较粗，但是一气呵成的。写好就拿到人文社。我对这部小说充满信心，书稿初名《创伤》，是浓重的悲剧。写的是“文革”初期，一位怀着阶级仇恨和造反激情的女红卫兵，批斗中和她的“战友们”打伤致死一位女教师，事后她一边确信自己做得没错，一边总被一种罪恶感隐隐缠绕着，后来插队时相爱的人正是那女教师的儿子。她所爱的人的丧母之痛唤起自己的人性、良知与自责。最后她在极度痛楚中自杀了。故事很单纯，情感却十分强烈。书稿交给李景峰，李景峰看过后说：“你胆子够大呀。”那时十一届三中全会还没开，“文革”并没有被官方全面否定。但我这小说开始就有这样一段话：

“在众人注目的地方，领袖挥动着巨大的、向导者那样的手臂，他把他发现的真理交给人民去实践。当一种思想被奉为法典而具有至高无上的权威时，它确切的成分会建立宏勋，谬误的成分就会化为灾难。检验它的代价无法计算。”

最后一句话显然是呼应当时《光明日报》上那句著名的话“实

践是检验真理的标准”。

这样的小说等于给出版社出了难题。可能为此，书稿一直在社里审查，迟迟没有说法，时期拖得很长，使我不得不暂时返回天津听候结果。八月里，卢新华的《伤痕》在《文汇报》上发表了，引起震动。我这书稿《创伤》与《伤痕》一篇名太接近，和李景峰研究后决定改名为《铺花的歧路》。开始时，这书稿还有些动静，景峰找我谈过意见之后,中间还修改过一稿,后来连“意见”也没有了。有人说如果《创伤》早早发表，说不定那个文学热潮就是“创伤文学”了。但，它叫什么都与时代的文学大潮关系不大，摧毁“文革”已是全社会共同的愿望。然而，“伤痕文学”开始时十分艰难。《伤痕》本身就不断受到非议,对其展开批判的风声时而有之。直到年底，我的《铺花的歧路》仍搁浅在人文社，几乎陷入了无声无息的状态，也陷入被动的等待……

我便抓紧这个时间，给写了近一半的长篇小说《神灯》一个暂时的了结，说实话我还是很喜欢自己这部长篇的，不像《义和拳》写于七十年代，总要受“文革”思想的种种影响与扼制。写《神灯》

时这种外在束缚没有了，我对红灯照的历史观可以任由自己，积淀心中的地域的生活文化也自然而然被焕发出来。可是，当我插入《铺花的歧路》的写作之后，全部身心已纵入刚刚崛起的“伤痕文学”的大潮之中，同时心中又不肯把《神灯》这么“半截子”地搁下，便想用《前传》的方式把已写好的半部长篇整理好出版，画个句号，将来有可能时再续写《后传》。

这期间，我时而在人文社，时而返津在家，边写边等待。

一天，我去北京办事，住在人文社里，在前楼走廊上遇见当代文学编辑部的副主任孟伟哉。他说：“前些天刚刚复刊的上海《收获》的编辑李小林来北京约稿，我把你的《铺花的歧路》推荐给她。我不知你来，她已经回上海了，她会和你联系的。”跟着还说一句：“她是巴金的女儿。”

过些天，我回到天津后，一个从上海打来的电话找到我，声调很高、透亮、年轻。她说她是《收获》的编辑李小林，知道我有一部小说在北京压了许久，她要看看。我说我这小说是写“文革”的，写红卫兵运动的悲剧，可能太敏感，她说她正是要这样的小说。她的语调中有种激情，使我怦然心动，像遇到知己一般。她叫我把稿子挂号寄给她。

我马上就把书稿寄去，但我没指望能发表。因为我知道《收获》的主编是巴金，这刊物的文学标准太高，像一座山，很难上去。我还想，既然这小说在人文社能否出版一直难以确定，为什么还要“推荐”给别人？到了《收获》又会怎样？这么一想，我对自己这部小说的出路仍然没有信心。

这时的我，只觉得自己像坐在搁浅的一动不动的船上，看着大海深处不安的风浪。

六、"冯骥才是反革命了"

25×20=500　　人民文学出版社稿纸

六、“冯骥才是反革命了！”

很快进入十二月，李景峰的态度愈来愈奇怪，见面说话时，似乎有意避开《铺花的歧路》的话题。好像我这部小说得病了，我有点摸不清头脑，后来事情终于有了动静，乍一听可不妙。这事恰好发生在我返回天津的几天里——我不在现场。

据说这天早上，杨都都给各个办公室送报时，把报往桌上一扔，同时用他那粗嗓门傻里傻气地喊：“冯骥才的稿子出问题了，完了，冯骥才是反革命了！”每个屋都喊这两句，这样不出两小时，楼上楼下、前楼后楼就全知道了。

我是在第一时间接到了王群生的电话的。听王群生说话的口气，我好像除去自首只有逃跑。

很快人们便知道了这句话后边的真相。据说当代文学编辑部几位主任在讨论我的《铺花的歧路》时，说出“冯骥才这部小说是否定文化大革命，不能用”之类的话，正巧都都进去送报听见了，然后就随口嚷嚷出来。虽说都都说的只是他当时对会议气氛的一种感觉，但意思并没错。那时三中全会还没开，官方只是批判“四人帮”，还没有全面彻底否定“文革”。于是我成了上上下下、人前人后的议论中心。据说消息传到那个曾经想要调我去的部队，人家庆幸地说多亏当初没调来。在那个各种说法飘忽不定的时期，我无法也无处表述自己的思想，便给景峰打个长途，不提这件事，只说：“你把那稿子退给我吧，我还要再改改。”李景峰问我：“你听到什么了？”我没回答。

过几天景峰来信，证实了杨都都在当代文学编辑室撞见的情况是事实。他告诉我：“老太太对这部小说评价较高。她现正出差在外地，等她回来听听她的意见吧，稿子先放在社里你别撤。外边关于这稿子的事愈传愈广，你要沉得住气。”

景峰这封信我至今还保存着。

过去我一直在文坛之外，头一次感受到文坛的存在及其难测的深浅，幸好我是在这样一个雪解冰消的时代闯进文坛的，如果在六十年代，恐怕就一头栽入深渊，万箭中身了。

此后不久，人们关切的三中全会开了，官方对“文革”错误有了明确态度。中间还过了新年和春节。春节时我特意多买了些长鞭大炮，崩崩邪气。午夜时分那些鞭炮在寒冷的夜空中炸开时，令我多少有些痛快，好像释放出了几个月来郁结心中的压抑。传统真能灵验，大年刚过，大约初六初七吧，景峰就把电话打到我居住的那条胡同的传呼电话机上。他说你来吧，先到我家来。初十有重要的事，与你有关！

我忙赶到北京，下了车直奔红星胡同的李景峰家。那时人文社不少编辑都住在东城区红星胡同 14 号。周汝昌也住在那里。

我钻进那一排排平房中只有一前一后两室相连的小屋，见到景峰，他给我几张油印的材料，很严肃地对我说：“我们社准备召开一个很大的会，是关于中长篇小说的会，很多大人物都出席，茅盾、周扬、夏衍、冯牧等等好多人，据说中央领导也请了，还不知谁来。其中一个重头戏就是把我们社三部有争议的中篇拿出来请大家讨论，一篇是你的《铺花的歧路》，一篇是孙颙的《冬》，一篇是竹林的《生活的路》。这三篇都是青年作家写的,都是“文革”题材，都有争议，孙颙和竹林都是上海的，竹林是位女作家，写的也是悲剧。争论都很激烈，反对的话说得也挺厉害，老太太说你这部小说是争论最大的，你的解决了，那两部也就解决了。再有一句话告诉你，你先不要对外人说，老太太已经请了茅盾，茅盾答应出席。会上可能还要叫你发言，你掌握好分寸，但该说的一定要说出来。”

我看了看手中的材料，除去开会通知，还有我们三篇小说的梗概，各打印在一张纸上，据说这主要是给茅盾和各位领导看的，要请茅盾和领导们发表意见。

我有点紧张，这是我进入文坛后的第一次遭遇战。虽然我并不害怕，但我没经过这种场面，心里乱糟糟想着各种可能，该怎么去应对各种可能的非难？

一夜没睡到天明。

七、坚硬的冰雨在头顶上裂开

25×20=500

人民文学出版社稿纸

七、坚硬的冰面在头顶上裂开

时间虽然过了太久，但这件事情一直没有褪色。每次从记忆里翻出来，仍如刚刚洗印出来的照片那样清晰光鲜。

那是我第一次参加的文学界正式的会议，也是第一次明白什么是“会议”，何况这次会议意义非凡。后来，我从一本文化部理论政研室为四次文代会编写的《六十年文艺大事记》（1919—1979）上看到，人文社举办的这次“中长篇小说作者座谈会”被列入当年的重大事件之一。此次文学会议连续开了长长的一周（1979 年 2 月 6 日至 2 月 13 日），说明它所思辨与议论的问题之广之深之纠结，也说明文学从“文革”禁锢中解脱出来之艰辛。禁区、枷锁、禁锢、文艺黑线、文化专制、两个凡是、暴露文学、造神文艺、伤痕文学，以及思想解放、真理标准、时代责任、文艺春天等等是会议上发烫的词。那是一个纯精神的、思辨的、忧国忧民也忧文的会。尽管到会讲话的大人物不少，但是真正以其勇气和胆识触动我的是陈荒煤和冯牧。记得陈荒煤说，要写“文革”，就要评价“文革”。有人讲只有等中央将来做结论，是“三七开”还是“四六开”，然后再写，他不同意，他希望文学界出一批闯将，“自己怎么感受怎么评价就怎么写！”这个思想十分鲜明地从“文革”的政治钳制中跳跃出来。

冯牧一开始就说他正参加一个高层的理论务虚会。他说：“我看这是去年三中全会、中央工作会议在思想领域的继续和发展，没有任何禁区，包括对毛主席的评价、对‘文革’的评价、对前一段路线的评价。”他还说：“在真理面前必须人人平等，怎么能不平等呢？否则，只能承认一个命题：权力越大，越有真理。”“任何人都有发表意见的权利，费孝通说过，我有批评你的权利，但要尊重你发言的权利。我就本着真理在人人面前这句话发言。”

在这样的自我设置的思想原则下，冯牧的话语直言不讳。他说：“为什么‘文革’十年里，广大人民把眼瞪着却没办法。对‘文革’要评价。人民文学出版社的三个中篇我是赞成的，是能够成立的。

我们要用文艺总结‘文革’。这么多悲剧是人类历史上罕见的，为什么不可以写？为什么不可以控诉那些封建主义的刽子手？”

他这几句话真叫我感觉一身无形的绳索哗啦一下掉落地上，人立时轻了。

他还有几句话让我记得十分清楚：“现在有人攻击我们搞‘非毛化’，我们说，我们不是搞‘非毛化’，是搞‘非神化’，或者叫‘正毛化’。”

这些讲话发言带着很强烈的雄辩色彩，表现着那个时代各种思想的并存与相互碰撞的现实。比如周扬讲话涉及到仍被争议的卢新华的《伤痕》时，他说：“报上天天登平反冤案好不好？报上登一登不要紧，登一下就过去了，文学艺术不一样，要留下来，我们生活中这种事太多了，如果都写《伤痕》，这样的作品太多了好不好？我也想不清楚，请你们好好考虑。”

我坐在会场里听他的讲话，心想怎么可能都写《伤痕》？分明是他顾忌“伤痕”。

但这也是一种思想真实。每个人头脑中的思想齿轮都在高速转动。没有这率先的忧国忧民的思考与思辨，后边的改革开放和社会转型就不可能来得那样顺利与迅猛。此刻，我感觉自己进入了时代最富活力和魅力的中心。那次会议的所有“全体会议”都由韦君宜主持。开幕那天严文井开篇的讲话就很放得开，有的话也很大胆，与他平时给人们的温和又持重的印象完全不同。渐渐地，我明白了人文社这两位当家人举办此次会议的良苦用心——他们想冲开当时犹然覆盖在出版界精神上的锁链与坚冰；只有出版界解冻，文艺之舟才能乘风破浪。

不自觉中，会前那些疑虑与紧张离我而去。

那次会议上还真结识了不少作家，除去先前已认得的刘心武、王蒙、敖德斯尔，还有陆文夫、谌容、秦兆阳、黎汝清、王亚平、高缨等等。有的作家知其作，有的知其名未识其人，有的识其人未知其作，过后才读到他们的作品。认识谌容是在座谈会上，我看到一位端庄的女子坐在对面，神情专注，一直没发言，只抽烟，两个小时的会抽了七根烟。散会时我对她说：“两小时抽七根太多了。”

她说：“我抽烟还有人数着吗？”然后一笑说，“我是谌容。”谌容一开始就叫我认识她沉静中锐利的一面。她是个不凡的人物。陆文夫的《小巷深处》早就读过，初见人很缄默，似乎有意和所有人拉开距离，大概与他长期经历社会的冷漠而今才刚“转世”人间有关。刚刚被“改正”而回到北京的王蒙说话是有分寸的，记得他在发言中只是讲了文艺要起到“侦察兵作用、滋润作用和精神支柱作用”，以及文艺还应是“国家的文化使节”之类的话，但认真去听，老作家们身上最宝贵的东西并没被“文革”泯灭——即真诚和正义。作家的发言深层的主题其实是一致的：创作的自由。此后新时期文学就凭着这些根本的东西赢得了一代的读者及其自己。

我在大会上先后有两次发言。第一次是主动要求上台讲的，本来我怵头会上发言，但两天过去我反而想上台。我很激动，有点坐不住，就像当年打球渴望上场。那天发言，我感觉自己特别“冲”，有点莽撞，显露出处世尚浅。但此后我不再怵会上说话，正是由于在这个时代经受过锻炼。那天我针对的是“文革”的文化专制，谈的是文学民主。幸好我还保存着这次会议的简报：

这是次解放思想的会，或者说是促进思想解放的会。会议才开了一半，即已看到它显著的收效。虽然，我们提出的近十多年来大量的反常的文学现象，尚未做出结论，但对某些问题已找到它的根由，触及到它的实质和关键。比如：文学与民主问题，作家的民主权利问题。包括，文学究竟要不要民主？这民主有没有局限？什么是作家的民主权利？怎样获得？怎样得到保证？怎样使用？

我们可以从近三十年文学史中找到民主与文学存亡相依的充分例证。“四人帮”把民主化为零，便造成文学已臻崩溃的境地。（举一个“四人帮”时期审查艺术的喜剧性的例子。）不要以为这只是笑话，喜剧。这是可怕、可悲的喜剧。比悲剧还悲剧的喜剧。真不可想象，一个有五千年文明的古国会如此荒唐愚昧；在人类进入开发宇宙的时代里，封建领主式的、中世纪的野蛮蒙昧能够统治天下。而这愚昧和野蛮居然被聪明地变出千千万万怪诞的花样。八亿人乖乖地任其摆布，任何贤能也不例外。在一个马克思主义取得胜利的国家里，忠诚于党和祖国的人民反要遭受粗暴摧残，冤案成灾。这一切，居然都曾以“革命”的名义。民主难道不是一个中心问题吗？不是一个迎头、迫切需要回答和解决的问题吗？没有政治民主，就没有文学艺术的民主。

我最关心的不是过去，而是今后。它关系今后文学的繁荣与否，关系到文学能否成为社会前进的推动力。也就是能否真正促进“四化”。

今天，作家是不是已经获得了应有的民主权利？提几个问题——自然都是对今后提的：

作家能不能在作品中拿出个人对生活的看法、判断和独立见解？特别是在某个时期内，党对某一阶段历史中某种社会情况没有表态、没有做出结论之前，而作家本人已做出判断。能否表达出来？

当作家的头脑中还存在矛盾，存在疑问，对某些问题还没有答案，怎么写？而作家对生活、对事物已有了很深的丰富的形象的感受，能否像托尔斯泰那样在世界观存在矛盾的情况下，真诚、坦白、无隐讳地把它表现出来？当作家感受很深的描写对象也是矛盾着的时候，能否表现？

对两个提法发问：

一、近来一些刊物仍在强调作家“主要描写和表现各条战线上的英雄人物”。究竟怎样理解“英雄人物”。过去“高、大、全”的解释是脱离生活而荒谬的了。英雄人物是生活中存在或可能存在的，还是“高于生活”、站在生活之上、高群众一头的呢？

二、还有一种提法。“作家要对生活提出问题，回答问题，解决问题。”作家怎样“解决问题”？当生活本身的某些问题并未解决，矛盾依然存在时，作家是否可以只“提出问题”，向读者发问，引起读者思考。要求作家对他提出的问题做出解决，是否意味着不管生活将来的结果如何，而都用说理或编造的办法人为地理想地去“解决”？

只要作家接触现实生活又想真实地再现之时，必然要碰到这些问题。问题远不止于此。尤其“四人帮”时期发生的许许多多问题尚未总结，没有终结；今后的生活又会不断地出现新问题、新情况、新人物、新矛盾。如果真正遵循现实主义，作品来自于生活，就决不会千部一腔。每部作品必然都会接触到一个新问题，深入一个新领域。各不相同，无章可循。如果作家没有文学的民主权利，写出来也不易问世。承认作家有与党和人民对事物一起总结、一起判断、一起认识、一起探索这样一个应有的民主权利，是来自上边的一种非常重要的保证。

我希望领导同志能按照文艺的自身规律解决这些问题。对过时了的、不利于文学事业的条条框框，大胆破除、发扬民主，真正允许作品受社会实践检验，受人民群众检验。

当前，民主空气浓了。但我们必须充分估计到，为获得应有的民主权利还需艰苦的斗争。那就是要靠作品。用作品力争这种权利。这是繁荣文学事业的伟大的斗争，是作家们义不容辞的崇高的使命。它的意义和它同时产生的好作品一样重要。

第二次我是被叫上台的，这天茅盾先生来了。严文井和韦君宜陪茅盾走进会场，在从我面前走过时，严文井对他说：

“这就是您给他题写过长篇小说书名《义和拳》的作者。”

可能这是他“文革”后复出第一次在这种大型的公众性的场合

出现，所以掌声分外热烈。

而且，以茅公的地位与影响，在当天的讨论会上就一些有争议的问题肯定要表态，肯定是有备而来，肯定要起重要作用——所以会议的关注度极高，所有人的目光全都集中在主席台上。

在这时，韦君宜叫我上台把《铺花的歧路》讲给茅公听。韦君宜的这个想法非常好，《铺花的歧路》和另两部小说都还没有出版，没人看过怎么讨论？茅公也很难就事先为会议编写的一个千把字的小说梗概发表意见。请作者亲自讲讲小说的内容、人物与构想，便好发表意见了。

从这个事先设计好的环节来看，人文社是想找到一个突破口，借助这位德高望重人物的影响力来推动更大范围的思想解放。

我上了台真的再没有紧张感。一是我已经过一场大会发言。二是讲自己的故事再容易不过了，更何况这个故事里充满我的激情和我的思考。那天我讲得比我写的精彩，所有重要的细节都没遗漏。我知道细节才是小说的关键。我居然讲得十分投入，还随着故事表述出自己的一些思考。我说在“文革”初期红卫兵抄过我的家，剪掉我母亲的头发，逼我母亲在街道跪行，使我出现过短暂的神经错乱。但我不是从一个红卫兵运动的受难者而是从同情者角度来写这部小说的，因为他们是一代单纯的、赤诚的、深深受了欺骗的青少年。我们要呼唤他们的良知与觉醒，呼唤社会的理解与宽容，以及人性与理性的回归，把他们从不能自拔的痛苦和心灵的黑暗中拉出来。

1981 年茅盾先生故去，我在一篇悼念文章《怀念茅盾老人》里曾回忆这天的情景：

在台上大灯的强光里，看到了他苍老而慈祥的面容，连颗颗老年痣与一脸皱痕都看得清清楚楚，头顶上那历尽沧桑而稀疏的发丝银白闪亮，他和我握手，让我坐在他身旁，却叫我面对大厅内在座的人们讲话。我一口气说了二十分钟。说话间，我时而扭头看看身边的茅公，他却一直把目光凝聚在我的脸上，仿佛在把他衰老的并不旺盛的精力全部集中在我讲话的内容里，偶尔还偏过耳朵，为了听清我每一句话……

待我讲过，茅盾先生在讲话中肯定这三部小说都“写得好，能够引起人们对‘四人帮’的痛恨”，他的态度很坚决。他也给我的小说提了一个意见，他说你的小说的主人公白慧不一定自杀，自杀有悲剧的力度，但情节结尾逻辑中有点勉强。主人公是在“寻求一条出路。能不能叫男主人公去找找她，两人见面，不要说话，到底怎样让读者去想”。

他不仅在思想上支持了我，还在艺术上帮助了我。

我站起来，鞠躬谢谢他。他的意见是顺着我的人物的心理和情感，顺着小说内在的逻辑提的，而且升华了作品的内涵，扩展了小说联想的空间。我欣然接受，事后做了修改。

记得茅公的话讲完，全场热烈的掌声表达了共同的心声。灯光里，我看到韦君宜露出少有的笑容。我知道这掌声和笑容不是为了这三篇小说获得了一种难得而有力的支持，一种解脱，而是更大范围的思想解放的一次胜利。使我惊奇的是，茅盾先生这样一位风烛残年、体弱力衰的老人，思想与精神却是如此犀利、如此勇敢、如此前卫。比起当时文坛那些仍被“极左思潮”禁锢的人、那些被“文革”的淫威吓破了胆的人，不知强大多少倍，也叫我见识到这位“五四运动先驱者”和那一代知识分子的骨气与血气。

这时，我感到罩在头顶上那坚硬的冰层出现了碎裂。

会后转天，我便与李小林通了电话，我把中长篇小说座谈会的种种情况、茅公对《铺花的歧路》的肯定以及关于小说结尾的意见告诉她。我想这会有助于这部小说审稿时通过。没想到李小林说巴老已经看了《铺花的歧路》，肯定了这部小说，也觉得结尾不大好，生硬一些。我完全没想到两位我崇敬的文学大师同时肯定我的作品，也同样地指出我的不足，所指出的竟在同一点上。我决定把结尾改好。李小林叫我修改后马上寄给她，巴老决定用在《收获》第二期上。这叫我一下子触到了《收获》鲜明的思想立场，同时感到又一只巨大、温暖而有力的手撑在我的后背上。为什么这时真正的文学支持都来自遥远的“五四”？

李小林编稿相当严格，抓得又紧，很快就发稿和刊出了。1979年3月“文革”后复刊的《收获》第二期是颗炸弹。与我这篇在北京搁置了至少半年的《铺花的歧路》同期刊出的，还有从维熙的重炮《大墙下的红玉兰》和张抗抗大胆的呼喊人性的短篇《爱的权利》。这期《收获》发行后，“引起了社会上强烈的反响，出现了两种截然不同的意见”,《收获》编辑部收到一封发自“北京语言学院 13 楼”的匿名信。信中说：

“人民给你们纸张，是希望你们提供好的作品，而不是要这些思想和艺术都很低劣的东西，这类东西名曰批‘四人帮’，其实质是向人民散播对社会主义制度的不满情绪，搞乱人民的思想。”“希望我们的文学不要步五十年代苏联解冻文学的后尘，希望我们的作家不要学集中营文学作者索尔仁尼琴，不要学帕斯捷尔纳克。”

真没想到，我的这部小说发表前受阻击，发表后受攻击。

这封信不胫而走，很快北京文坛全知道了。人文社分别于 7 月 4 日和 7 月 26 日召开两次会，组织社内编辑讨论《大墙下的红玉兰》和《铺花的歧路》这两部中篇小说。主持人仍是严文井和韦君宜。事后，在人文社理论编辑室工作的评论家胡德培在出版局的《出版工作》（1979 年第 9 期）发一篇文章《各抒己见，求同存异》，详述这两次讨论的详情，并以“活跃了民主空气，觉得我社大有希望，不致抹杀和埋没好作品，更增强我们对事业的信心”为结束语。当时看了胡德培那篇关于“人民文学出版社两部中篇小说讨论”的纪要，更钦佩严文井和韦君宜在拨乱反正时期的思想坚守及其品格。

当年 11 月，人文社出版了《铺花的歧路》单行本，我请我的好友画家沈尧伊为这本书画了插图。

这期间已经有愈来愈多的重量级的“伤痕文学”作品问世——《天云山传奇》、《剪辑错了的故事》、《犯人李铜钟的故事》、《枫》、《神圣的使命》、《被爱情遗忘的角落》、《许茂和他的女儿们》、《灵与肉》、《爬满青藤的小屋》、《月兰》、《将军吟》、《飘逝的花头巾》、《窗口》、《灵魂的搏斗》、《献身》、《高洁的青松》等等喷涌而出。每一篇的出现都带出一个不小的震动，都使一个陌生的作者的名字被众口热议，都推动着这个文学大潮——涌动的暗流很快成为一股不可遏止的涤荡“文革”的社会洪流。

八、凶猛的凌汛

进入1979年，我已经完全顾不上天津的家了。除去中越战争结束时跑到云南——从昆明、个旧、开远到金平跑一趟之外，至少一半时间在北京。北京是当时全国思想解放的中心，各种思想——开放的、革新的、传统的、创新的、保守的、僵化的都在这里激烈碰撞。碰撞激活思想，各种思想都在诉说理由寻找理由，每天都会有新的概念、话语、高见、名言蹦出来。有些时候碰撞会异常激烈。由于媒体滞后，文学跑到第一线——这也是那时期文学“干预生活”的原因之一。记得一次文学界的会议上“保守”思想相当顽固，执思想解放观点的人们就把诗人叶文福请到会上“冲一冲”。叶文福在表达自己思想立场上公认是具有献身精神的。

那个时代左和右，分别指当时坚持“两个凡是”与否、思想解放与否的两种主张；老左（或左爷）和老右，是当时带有贬义的互称，还带着很强意识形态斗争的历史印记。八十年代初期我写的中篇小说《神鞭》里有一章，题目是“佐爷本事是专门揪辫子”。这“佐爷”是小说中一个日本武师佐田的外号，意在讽刺“老左”。冯牧对我笑言：“你这个佐爷的称呼还真够损的。”

这些说法在我们当今生活中早已消失，文坛不再有这样的过于激烈的思想斗争的硝烟。回过头去看，那个时代的思想碰撞不管执何种观点，都是真诚地思考并探寻着“文革”后的中国何去何从。我说过，如果没有这一时期知识界参与的“实践是认识真理的唯一标准”的大讨论，没有全社会的思想解放，后来的改革开放就不会获得那么广阔雄厚、真诚一致的社会支持，就不会获得那样的长江大河一泻千里的气势。

1979 年 5 月上海文艺出版社出版的《重放的鲜花》，产生了重大影响。作者一律是 1957 年反右运动中被错划为右派的作家，如王蒙、邓友梅、陆文夫、宗璞、公刘、流沙河、刘宾雁、李国文、柳溪等，其作品一律是他们当年被定性为右派的“罪证”。用“重放”二字意味深长，表明这一代蒙冤的作家已平反解放，归队文坛。这代作家比我年长十岁左右，他们活跃的时候我只有十三四岁，我读他们的小说很少，好像只读过刘绍棠的小说，其他作家都不知道。等到二十岁后大量读文学作品时，这些人的书全被禁了，人在劳改，更不知晓。在这一代作家中，我最先认识的两个人是柳溪和王蒙。

最初认识柳溪是在天津。那时《重放的鲜花》尚未出版，我没读过她的名作《爬在旗杆上的人》。她陪着上海的老编辑王肇歧来我家约稿。我家经过“文革”和大地震，连一把像样的椅子也没有，大家就坐在凳子和木箱上，高高矮矮围着一张小破桌说话。柳溪看上去岁数已经不小，脸色灰黯，神气疲惫，衣服和鞋子都很旧。王肇歧熟悉她曾经的写作与苦楚的身世。当我稍稍一问，她就像决口的堤坝把一肚子苦水裹挟着一大堆辛酸的往事诉说出来。在说到她当年在农场劳改时，来了例假还被迫赤脚踩在冷水里插秧时，眼泪大雨滴那样啪啪落到腿上。我从来没见过那么大的泪滴。

认识王蒙早在 1978 年，后来渐渐熟了。他大概是 1979 年 6 月调回北京的吧，分配给他“前三门”——北京刚出现的高层单元楼九楼上两室一厅的一套房子，夫人崔瑞芳大姐在窗台上放一盆小花，家里散发着“新生活刚刚开始”的气息。

初见王蒙还要早一点儿，是在人文社韦君宜的那个狭窄的办公室。我已不记得去找韦君宜是什么事了，却记得王蒙坐在书桌旁一把旧沙发上。他穿一身干净的蓝制服，所有扣子都紧扣着，胸前别着一枚团徽，好像是“文革”后共青团恢复工作所召开第一次全国性会议，他是新疆省代表，正在办理调回北京的手续。他光光的脸上没有皱纹，头发像年轻人一般黑，文质彬彬戴着一副眼镜，目光温和平静，一双手放在膝头上，中指刚好对着裤子的中缝，有点古板和拘谨，像学校班上的新生。后来发现，我对他“最初的印象”大出偏差，其实他骨子里有十分放达甚至浪漫的一面，这一面主要与他文学的才情相连；他还有稳健、慎重与智慧的一面，这一面多半用在他政治化的生活中。在一次文学研讨会上，他大讲叶蔚林的中篇小说《在没有航标的河流上》的写景如何深沉如何优美，因为叶蔚林的小说里有很浓郁的苏俄文学那种略带忧郁的气质，叫我领略到王蒙很深的苏俄文学情怀与出色的口才。但王蒙不是当时“伤痕文学”的一员，这多半与他“文革”期间远在新疆、相对平静的经历有关。从他《在伊犁》系列和最近出版的长篇旧作《这边风景》就能看到。在那一代作家中，从维熙和张贤亮应是最具批判精神的。这当然缘自他们个人坎坷的遭际。人的命运不能选择，每个人都有自己独自的命运与生活存在，然而这命运深刻地决定着他作品的气质、内涵与艺术个性。尽管这代人的写作与时代和国家的命运血肉相关，但同时又与个人的命运密不可分，因为文学的根终究扎在个人的心灵里。

那个时代（1977—1979）站在最前沿的是“伤痕文学”。作家不分年龄，主要是三代作家。一代是“文革”后冲出来的，这一代作家“文革”期间都在生活底层，感受着芸芸众生的境遇与心中的苦乐悲欢，作品有鲜明和自觉的平民意识与平民情感，他们是“伤痕文学”的主力军；另一代是1957年遭受厄运而后复出的一代，这代人把作品的时代背景往前又拉了十年，给“伤痕文学”注入了反思的意义。再有便是远接五四运动的巴金和冰心。特别是巴金的

《随想录》，不仅将自己的创作生命在由世纪初贯穿到世纪末，从现代贯穿到当代，还将那一代作家的良知贯穿到当代文坛。这也是巴金对现当代文学最重要的、无可替代的贡献。

至于那些革命年代与新中国时期（俗称“十七年”）的作家们，很少进入“伤痕文学”。一是可能与原有的文学观有关，一是心有余悸。记得 1979 年《乔厂长上任记》引起文坛争论时，我在孙犁家，见他书架上贴一纸条，写着“莫谈小说”四个字。显然那个年代文坛不是个吉祥的地方。

巴金早在 1978 年就开始发表《随想录》，最初在香港《大公报》上。我好像是从一位来自香港的友人带来的报纸上读到的，最早读到的一篇是《怀念萧珊》，非常震撼。我见到巴老是在 1979 年 4 月，巴老去法国访问之前来到北京，我正好住在人文社。李小林约我一见。那时《铺花的歧路》已在《收获》刊出，我却没见过责编小林，只听过她的声音。小林电话里告诉我正好可以见见巴老，我特别高兴。心里的感觉有点像去“朝圣”。当时巴老住在金鱼胡同一带的和平宾馆，原以为是个讲究的地方，待到了一看，竟很破旧。然而，见到巴老的感觉却十分美好，虽然他浓重的四川口音使我听起来费劲，但还是听懂他问我当下的写作，下一步的想法，他更关切我的想法。他那时身体还很好，握手时，温暖而有力，叫我感受到他那种“透彻的真诚”。第一次见到小林，她人就像她的声音一样真率。她是不会拐弯的人。她太像她的爸爸。那天她见面就问我在写什么。我说打算写“文革”中心灵恐怖的中篇。我告诉她，我爱人现在还最怕夜里紧急的敲门声，以为又来搜查和抄家了。这是她的“‘文革’后遗症”。我说“文革”不是肉体的折磨，而是心灵恐怖与虐杀。她当即说她约定这部小说了，叫我写好就寄给她。这便是同年刊载在《收获》上的中篇小说《啊！》。

那天一位相识的美籍华人作家包柏漪随美国国务卿基辛格访华，她说她非常想去见巴老。经李小林同意，叫她随我去了。那天她还带着一本英译本的《家》，请巴老签了名。可是当晚小林便把电话打到人文社找我，说巴老在我们离开后，看到包柏漪的名片，发现他签名时把人家的名字写错，将“漪”字写成“特”字，觉得特别对不住，叫我去找她把书要回来，巴老要改正。

我说："没关系，人家已兴奋之极，笔误的事常有，不会当回事的。"

小林说："不行，我爸说写错人家名字是不尊重人，一定要改。"

我便到包柏漪的住处取了书，拿到巴老住的酒店，改好再送回去。我现在还记得包柏漪收到书感动的样子。

这件事叫我领略到他人在巴老心中的位置，还有他如何处事待人。

在巴老从法国返回北京时我又去见了一次小林。小林正在和一个瘦瘦干练的中年男子结算外币，桌上散着些纸币与硬币。小林介绍他是巴老访法的全程翻译，法文十分好，通晓西方现代文学，也在写东西，名字叫高行健。后来，他的现代戏剧《绝对信号》在北京人艺上演，闹出轩然大波，跟着他又写了一本小书《现代小说技巧初探》，出版后又闹出轩然大波。我和李陀、刘心武三人决定用通信方式推荐这本书，意在提倡文学形式与文本的创新。这一来，触到了当时尚未解除的另一个禁区，把我们也卷入很激烈的争论漩涡，同时带来了一场形式试验甚至是一场“文本革命”，当然这都是后话了。

1979 年是当代文学波涛迭起的时代。一方面是“伤痕文学”问题小说极盛时代，一方面是蒋子龙《乔厂长上任记》发表后带来的空前的冲击波，《天津日报》上连续发表十四版的文章进行声讨。从历史上看，很少有文学作品有如此强烈的社会震撼。后来有人批评这一时期的文学政治大于艺术，政治效应大于文学效应，其实这倒不如批评当时生活充满政治。正是由于那一代作家思想的无畏与锐利，正是“文革”后的全社会都想从文学这里寻找知识良心，文学才能出现那样一个异常独特的时代。

新时期文学一直是充满争议的。尤其是初期，至少一半有影响的作品都进入争鸣作品的名单。那时文坛有一个奇怪的词汇叫“突破禁区”。常说某某作品突破禁区。因为在“文革”写悲剧、写爱情、写性、写人性、写中间人物、写污点军人、写污点领导等等都在被禁之列。在今天看来几乎荒唐乃至荒诞的事，那时却壁垒森严，必须顶着炮火去爆破，炸药包就是作品。尽管三中全会已经全面否定“文革”，极左思潮还像倒春寒一样时时要把已经开冻的江面重新冻上。文学的会议往往陷入意识形态的博弈。冯牧和陈荒煤被一些死硬和僵化的人物视做右派的首领。历史证明，他们确实是走在思想解放的前沿。往往我跑去参加某个会议，实际上是想听听冯牧或荒煤又抛出什么破冰的话语。

冯牧是被年轻作家围着的人物，他敢为一些好作品仗义执言。他本人是散文家，同时在文艺界位居高官，是中国作协的书记，知情于政坛，在意识形态斗争犹然凶险又敏感的漩涡里，他担心一些冲得太猛又富于才气的年轻作家受到伤害，担心某件事处理不当而成为极左思潮反扑的话柄而扰了大局，所以他总是忧虑重重紧锁眉头，难得一笑。我最早见到他是在 1978 年中越战争刚刚结束时云南的开远。我和画家刘勃舒等几个年轻人在一个军队营地的食堂里，看见一个壮年人在竹林间的草地低着头踽踽独步。我们之中有人认得他，我只在人文社的中长篇小说作者座谈会听他在台上讲话，我们过去和他打招呼，他一抬头，一脸忧郁，这忧郁的形象如同定格一样成为我对他的“永远的印象”。他和我们简单说几句，看我一眼说：“你个子太高，别往边境上跑，那边还会有冷枪。”大家都笑了，他脸上还是没笑容。看上去他挺不好接近的，其实不然。

这年深秋《文艺报》在新侨饭店召集会议，会场不大人却很多，冯牧一脸严肃走进来。他说他刚从上海回来，他在上海开会时，拿到了刚出版的《收获》，晚间在宾馆里读了我的中篇小说《啊！》，受到震动。他说这是近期“文革”题材作品中相当深刻的一部。他还分析了我写的那个内心残忍、善于心理讹诈的人物贾大真，然后他略沉思一下，话锋一转说：“如果小说再有一个与贾大真对抗的正义的人物，就会更有思想高度。”

散了会，乘电梯下楼的时候，评论家阎纲说：“冯牧同志的意见你不必听。‘文革’中能有和贾大真这种人作对的人吗？如果加上一个正面人物，小说悲剧的力量就全完了。”

电梯里还有别人说：“生活的真实性也完了。”

我当然认为阎纲的意见对，冯牧的意见荒谬。但冯牧是懂文学的，他深知心灵的虐杀才是“文革”反人性的本质，才是小说致力挖掘的；但他身在官场，更知道我这部小说以整人的人为主角是犯忌的。所以他在表示赞成这部小说的同时，必须把另一面的话也说到了。

后来全国首届中篇小说评奖，最初有人提出将《啊！》列为一等奖，冯牧说：“还是放在二等奖中间的位置吧，因为领导可能要翻翻看一下，只会翻一等奖的，不会翻二等奖的看，不惹眼才保险。”这样《啊！》获了二等奖。我却从中看到冯牧的用心、苦心、处境的艰难和他的文学立场。

曾见有人著文，批评新时期初期的文学政治太多。我看了觉得可笑。我想这一定是“非‘文革’经历者”的价值判断。哪里是文学政治多，而是生活充满了政治。“二战”后德国最初几年的“废墟文学”不也全部充满政治吗？像伊特·艾希的《盘点》、博歇尔特的《面包》和《大门之外》、伯尔的《无主之家》、格拉斯的《铁皮鼓》等等。从大灾难后荒芜的文坛滋生出的文学，必然带着一代人的心灵的伤痕与阴影。从灾难逃生的人，最先一定是控诉苦难与谴责罪恶，而且只有身处那时代的人才知道拿起笔时，笔管里装满了什么，写出来需要怎样的内心勇气。在那个媒体相对受约束的时代，文学选择站在生活真实和时代前沿的位置。为此，文学从来没有过如此广阔和巨大的读者群，从来没有与读者出现过如此强烈的碰撞。记得当时我和一位作家交谈作品的读者效应时，都感受到一个细节常令我们感动不已——就是一些读者的信打开时会发出沙沙声；因为读者是流着泪写的，泪滴纸上，写好折上时，纸有点黏，所以揭开时发出这轻微的、令人深深感动的声音。

1979 年 8 月我曾写过一篇文章《作家的社会职责》。我说："作家有责任诘问社会与生活，代言于人民。"也许以今天的文学观来看，会认为这种写作是非文学的——其实是非纯文学的。但各个时代彼此不同，当底层小百姓无法表诉他们心灵的苦难时，有些作家必然会以笔为其代言。再说，文学的功能多种多样，对文学功能的选择听凭作家自己的，这样才会有各样不同的作品。比如 1978 年获奖的短篇小说中，卢新华的《伤痕》和贾平凹的《满月儿》就如枪筒与竹笛，相去千里。

当然，我们的“伤痕文学”与德国战后的“废墟文学”一样，真实又粗糙，内容大于艺术。那一代作家都是刚刚度过文化空白的“文革”，没有写作准备，所表现出的先天不足势所必然；当时文学包括社会的语言环境都苍白又僵硬，怎么会去讲究文本的创造与文字的精致？然而，它却真实地记录下人们的心灵，以及时代的气息和特有的文学精神，它像历史的任何一步，都是不可复制的。但历史不走出那一步，就不会有下面的一步。

它对当时正在覆灭的“文革”起着摧枯拉朽的作用。

这一时期，我给自己的硬任务是尽快将《神灯前传》整理出来，特别是《铺花的歧路》发表后，我已进入“伤痕文学”的大江大河，不会再返回历史长篇的写作中。尽管由于思想的解放，《神灯》的写作与《义和拳》已有天壤之别；尽管我至今还对那个混乱、焦灼又诡秘的时代，诞生出一批顶着神佛的名义毅然站出来保家卫国的津门老少男女，心怀敬重和神往；尽管那些少女组织红灯照、寡妇的蓝灯照、中年孀妇的黑灯照和老年女子的沙锅照，至今还是谜团。但我必需先把她们放在一边，因为我心里已经有了类似巴尔扎克的《人间喜剧》那样宏大的构想，叫做《非常时代》。“文革”生活和当时的“秘密写作”留下的那些积累是我十分雄厚的写作资本。

1979年我总是在京津之间来来往往，人文社后楼有我固定的床位，我只要走进朝内大街166号大门，就像回到我的另一个“窝儿”——精神的巢。天津的文艺创评室反而很少去。我把《神灯前传》的书稿整理好交上去，邢菁子、李景峰和韦君宜三审都看过，都说比《义和拳》强太多，我便大着胆子请韦君宜写几句话作为序言，我真实的想法是作为一个纪念，纪念她恩师一般扶持我，母亲一般关爱我，也纪念我对她的敬重。她答应了，写了一篇短序《祝红灯》，文章很质朴又真切，她没怎么夸赞我，我却从中感受到她对我的爱惜。

这期间，我还写了几部中短篇小说。有的短篇如《雕花烟斗》是在人文社写的，发表在人文社当时创办的大型文学期刊《当代》上。

《当代》的名字起得颇好，具有强烈的时代性，而且很快与《收获》、《十月》、《花城》并列为最具影响的四大文学刊物。《雕花烟斗》刊出后，编辑部一位副主任、诗人屠岸给我一封信，打开一看原来是他所写的关于《雕花烟斗》的评论。他喜欢这篇小说，可能因为小说更接近这位诗人唯美的气质。

屠岸是人文社里离我较“远”的一位。他儒雅、平和、低调，有一点孤独感。我在社里两年从未与他说过话，只是一天晚上我正在伏案写作，忽听楼里有人叫我帮忙，说屠岸在办公室病倒，要马上送医院，我跑到他办公室，见他面色苍白，冒汗，表情很痛苦，我上去将他背在背上，那时我年轻有劲，一直跑下楼把他放在车上。他又凉又湿的头靠在我脖子上。

我读着他的评论，心想就这一位与我似乎较陌生的前辈对我的写作竟如此关切用心，我和人文社的关系已非语言可以尽述了。

那个非凡的时代，那些人，那些生活和真情与激情永远也找不回来了。

幸好人生最美好的东西一直保存在怀念里。

九、文代会后离开了朝内大街166号

到了这年秋天，在人文社接到了来自天津的通知，说我作为天津文艺界的代表之一参加10月份在北京举行的全国第四次文代会。据说将有三千文艺家聚集在京。我从没有参加过这种超大规模的“全会”，所认识的文艺家不多；而我的代表名额又没有被放在作家协会内，因为天津当时的老作家多，如孙犁、方纪、袁静、孙振、鲍昌、杨润身、柳溪、鲁藜等，年轻作家代表仅有两个名额是蒋子龙和世界语诗人苏阿芒。苏阿芒是一位精通世界语的才子，“文革”被扣上“里通外国”的帽子抓起来。这罪名等同奸细，十分可怕，在牢狱里边他受尽折磨，身心俱残，平反出来后，不仅行动不便，连句整话也说不成了。叫他参加会是要还他以尊严。我被放到中国民间文艺家协会的前身——中国民间文学研究会中，作为民间

九、五代会后离开了朝内大街

文学的代表。当时天津还没有民研会，却有一个民间文学的代表名额。由于我的小说《义和拳》、《神灯》都与民间文化相关，便将民间文学的代表名额给了我。现在想起来，冥冥中我和民间文化真的有缘。二十二年后（2001 年）我竟做了中国民协的主席，开始了自己人生后期与其死死的纠结。

然而当我走进这个会场上一看，全是生脸，台上灯光里一排排，台下黑压压一大片，没有一个熟人。后来才知道台上坐着的除周扬外，还有钟敬文、顾颉刚、贾芝这些重要的人物。老舍先生“文革”中含冤而死，郭沫若也在头一年辞世，不然都会坐在台上。

开会间，我稍坐一会儿就悄悄溜到作协的会场。那里毕竟认识的人多，不认识的一经介绍也就亲切地相识相谈。比如在开会前一进门就见几个人正在说说笑笑，中间有王蒙，由他介绍，这几个人是从维熙、刘绍棠、邓友梅，全是早闻其名、未曾谋面的人物。此外，还有徐迟、鲁彦舟、宗福先、马烽、苏叔阳、李准、叶君健、陈登科、张洁等等。张洁穿一件深蓝色风衣，带着灵气，我喜欢她清新的文字，而且这文字像她酷爱的契诃夫那样干净，清透，充满艺术感觉。

在什么地方认识的李陀记不清了。李陀有点络腮胡子，挺阳刚，很健谈与雄辩，后来与他们都成好友，与他们之间的往来与故事都在以后的几年了。

作协这边会议的兴奋点是作家们的演讲。王蒙、白桦、蒋子龙等人的演讲，把会议不断推向高潮。白桦是诗人，讲话时激情四射。蒋子龙的《乔厂长上任记》虽然在全国赢得极大反响，在自己的家乡却陷入重重困境中。记得他上讲台的第一句话好像是“我是从寒冷的冬天来到春天的温暖里”，话音一落，立即得到全体作家支持的掌声。

在这里，我感到精神的空间和自由度愈来愈大。

那时的会议管理也很宽松。我到作协这边会场来，没人拦我。大家知道我是《铺花的歧路》和《雕花烟斗》的作者，对我挺欢迎，似乎我就是这边的代表；只是到了进行小组讨论时，我就自动撤回了。

这样，我这个“编制外”的代表便很快融入到“编制内”。会上作协这边还传出个笑话说，这次作协为文代会提供了三个怪人：

冯骥才——个子最高，中杰英——个子最矮，何达（香港诗人）——最耐寒，十一月还穿个短裤，而且是惹眼的白短裤。

第四次文代会是文艺家时隔十多年的一次大聚会大重逢。多年不曾相见，音讯断绝，生死难料，个中的苦辣辛酸唯有自知；此刻忽然相聚，便成了会议内外处处可见的情感冲动的感人景象。作家方纪就住在我的隔壁，他“文革”受尽摧残，天性易怒，患了中风，行走困难，右手不能执笔，说话最多只能三个字。会议期间不断有人来看他，每逢此时他便会激动地发出“好——好噢！”“就是——是——嘛！”的高声，这声音时不时隔墙传进我屋。我为他高兴，也为他悲伤。方纪的散文很有激情，文字很美，也有意境。他对书画也有很好的悟性，他的《桂林山水》、《李可染画集序》写得颇有才情。“文革”后我去看他，人已偏瘫，言语困难；他用拐杖捅捅床下叫我看。我撩开床单只见一个小破皮箱，没有扣吊，一看便是当年的“抄家物资”，我给他拉出来打开一看，只有可怜的薄薄的五本小书：《来访者》、《挥手之间》、《不连续的故事》等，这就是他全部的作品了。记得邓友梅对我说，他第一次访问日本，见到五十年代一位相识的日本作家，与他年龄相仿。时隔二十年，那人居然已出版了一小书架的作品，叫他吃惊，他当时却连一本集子还没有出版，荒唐的生活夺去了多少有才华的人的青春乃至生命。

这次大会最震动人心的是阳翰笙宣读的“向被‘四人帮’迫害致死的作家艺术家致哀”书。他念了一个长长的名单，每个名字念出来都像熄灭大会堂穹顶上的一盏明灯。那名单好像有一百多位吧。我至今还记得有老舍、郭小川、闻捷、赵树理、杨朔、田汉、傅雷、董秋斯、萧也牧、柳青、邵荃麟、罗广斌、周立波、冯雪峰、马连良、裘盛戎、周信芳、盖叫天、言慧珠、尚小云、马可、顾圣婴、郑律成、崔嵬、上官云珠、焦菊隐、袁牧之、竺水招、严凤英、韩俊卿、贺天健、陈半丁、丰子恺、董希文、潘天寿、魏鹤龄、瞿白音、顾而已、李少春、叶盛兰、孙维世、何其芳、沈尹默、荀慧生、远千里、魏金枝、万籁天、高百岁、冯喆、王式廓、芦芒、王老九、连阔如……还有虽已辞世却依然被抄家批判和备受凌辱的齐白石、梅兰芳、欧阳予倩、程砚秋、徐悲鸿、傅抱石、洪深、陈之佛、常宝塑等等。那个名单远不止于此。如果没有“文革”，这些艺术家都活着，多少杰出的作品会涌现出来，中国当代文化又会是种什么样的景象？反过来说，如果“文革”不结束，台下的人便还会有一批批进入这个受难者的名单。

阳翰笙说：“我们怀着沉痛的心情对一切被林彪、‘四人帮’迫害致死的作家艺术家们表示最深切的哀悼。”然后他说，“现在，我提议，全体起立，默哀！”那一刻，三千名代表全站起来肃立，黑压压一片，刚刚过去的历史上最黑暗的一幕又把我的心笼罩。人类历史上何时出现过如此大肆践踏与残害作家艺术家——真善与文明的歌者？那么——还有什么比纠正生活的荒谬更重要？在那个时代有良知的作家都知道自己的笔该写什么。

这次大会最强烈鼓舞人心的是邓小平那句著名的话：“写什么和怎么写只能由文艺家在艺术实践中去探索和逐步求得解决，在这方面，不要横加干涉。”

他那带着浓重四川口音的声音，至今我都清晰记得。对他这句话的回应是全场近一分钟的潮水般震耳欲聋的掌声。这是我几十年里听到的最长、最响、用心鼓起来的掌声。

那天从人民大会堂走出来，真有一个时代开始的感觉。

那时候是一种什么创作状态呢？有件小事至今仍然记得：一天施光南带着一个朋友来人文社看我。他已经从天津歌舞团调到中央乐团来了。他那首唱起来叫人欢乐也叫人流泪的《祝酒歌》已成为那个时代的"国人之歌"。我请他到东四一家二楼上的小馆吃饭，边吃边聊,愈聊愈尽兴。我激动地谈起我的《非常时代》的写作计划。施光南是浑身带着灵气、时时冒着旋律的人。那天他谈得最多的是他正在写的歌剧《屈原》。他时时兴奋得说不出话来，站起身离开座位来来回回走几步，再坐下来，一顿饭他这样起身七八次，人有发光的感觉，好像音乐的精灵在他身上作怪发狂。我们都处在一种控制不住自己的艺术状态。

文代会后,文学的大河不知不觉流转了。"伤痕文学"悄悄退去，代之而起的是"改革文学"的大潮。或许因为整个社会的关注转向经济生活的改变，或许来自一种人为的导向，或许由于“伤痕文学”将十年的积郁挥洒一尽之后，走向了更深的反思。一段时间我写了一些书信体的文章如《写人生》(给严文井)、《下一步踏向何处？》(给刘心武)、《小说创作的一个新倾向》(给吴若增)、《小说观念要变》(给李陀）等，与熟识的作家讨论要从“伤痕文学”和问题小说走出来的愿望。但我从来没有放弃对“文革”这一荒诞历史的追究与诘问，不管是在后来发表的一系列小说里，还是口述文学《一百个人的十年》的写作中。现在，回头去看这段文学的历史：作为新时期文学崛起的伤痕文学运动确切的时间是 1977 年至 1979 年，正为我在人文社这段时间所亲历。

此后，1979 年冬天吧，我便把写作的窝儿彻底挪回天津。一是因为在津的工作和居所都已平定，我有一些写作计划要静下来想；一是因为那两年我过于兴奋、紧张、写作过多，大病了一场，必需回到家里缓一缓节奏。人文社与我的关系依然密切，严文井、韦君宜两位前辈和不少文坛朋友关切我的身体。严文井特意给我写过一封信。好友谌容、张洁、郑万隆等人都跑到天津看望我。一天，一个年轻的小伙子爬上我的阁楼，肩上扛一个西瓜，脑袋冒着汗。他说："我是《北京文学》的编辑，我们领导听说你病了，派我来看你，我想总得给你带点什么来呀，就在车站给你买个瓜。"然后他说："我叫刘恒。"

这个憨厚的年轻人就是今天这个大作家刘恒。这个感动我的细节大概刘恒早忘了，我还记着。

那时代人和人、作家之间就是这样的关系，一种今天回想起来十分怀念的纯洁的关系。

我还记得离开朝内大街166号彻底搬回天津时的一点细节。我用线网兜提着一个搪瓷脸盆，一个带把儿的漱口杯。一般衣服书籍前些次都捎回去了。我在里边放了好大一捆人文社的稿纸。先去韦君宜那里道个别，敲了半天韦君宜办公室的门也没敲开，她不在，都都从走廊上跑来说他妈妈开会去了。我从兜里掏出烟来，从中拿出烟卷插在上衣口袋里，将空烟盒给了他作为纪念。他存烟标，爱烟盒如命。当天晚上景峰约我去他家吃饺子，然后返津。那时景峰和他爱人小刘对朋友最殷实、阔绰的款待，就是请到他们家吃一顿用香油调的韭菜猪肉馅的饺子。那天，从人文社里出来，我把网兜挂在他自行车的车把上。景峰说："给你稿费了，干啥还拿我们社这么多稿纸？太财迷。"我说："我用惯你们五百字的大稿纸了。四边的空儿大，好加字。"景峰笑道："说你财迷还强词夺理。"我也笑。我确实爱用人文社这种绿格的大稿纸，一直用了差不多七八年，每到快用光了，去到北京开会或办事时候就到人文社去取。什么原因使我对人文社的稿纸也如此依赖呢？

那天晚上，我在他家着实吃了顿饺子，又说说笑笑聊一会儿，然后提着东西上路，景峰送我从红星胡同拐往北小街的街口，那情景挺像从老家出门干事，兄长送行。是呵，这一刻可是我在人文社长长的两年生活的一个句号。这句号里边包含着我人生的重要转折，还有所经历的时代的转折。

离开人文社最初两年，我每去北京还习惯性地去人文社住。我不习惯住旅店，一次去京参加谌容家一个小聚会——那次认识了张贤亮。他为了一首小诗《大风歌》，二十二年五次入狱，出来后不习惯坐着；那天见他时，他靠墙蹲在地上抽烟。大家笑他在牢里蹲惯了，“恶习”难改。当夜我住在东四大街金鱼胡同口的一家小店，一屋七人，多人打鼾，听了一夜的鼾声大合唱，直到天亮也没合眼。心想，下次还得去朝内大街 166 号住，还是在那里睡得安稳。

后来一次我专门去北京国家美术馆看罗中立的油画《父亲》，下午到人文社已无床位，景峰叫我等到下班后在小说北组编辑部用八把椅子给我拼了一张“床”，抱来两床被子铺在上边。椅子高矮不一，我居然也睡着了，但我睡觉时好“打把势”，半夜一蹬，椅子散开，人掉在地上。

这便是我在人文社“生活”的最后一个细节。

十、又短又長的尾声

25×20=500　人民文学出版社稿纸

十、又短又长的尾声

进了八十年代，进而九十年代，又入新世纪，物换星移，物在人非。韦君宜、严文井二位我尊敬的先辈先后辞世，景峰竟然也早早又匆匆地驾鹤西去。我早年相识的老编辑们都已去职养老，换了一些年轻的编辑如杨柳、王小平，后来她们也入中年，连当年我那球队打后卫的棒小伙子刘会军转眼间已双鬓斑白。看来不老的还是文学，因为年年都不断读到人文社的新书。然而这些不断带着书香与新意的书都是浸过新老编辑的心力才进入读者手中的——这我深知。

前些年去人文社散文编辑室看刘会军，一进人文社的老楼，一种特殊又熟稔的气息，忽然让我动了感情，我没有马上去三楼散文编辑室，而是上下楼梯，穿走廊，一扇扇门儿从身子两边掠过，真好似进了时光隧道，但是墙面刷得雪白，门漆成湖蓝色，走廊上遇到的人一个也不认得……我已找不到昨天——昨天的别人和昨天的自己了，却分明觉得我身上有些东西是这里给的，是这里的人帮我从蹲着到站立起来，走上文学的不归路，而且正好经历了中华民族一个骤变和巨变的时期。正因为身在这里，如同在旋风的中心地带，命中注定使我把一个知识分子的使命看得分外重要，这个影响直通今天的我。

如果我当年没到朝内大街166号来，今天我一定是另外一个冯骥才。

我还想到了一件遗憾的事：我曾在人文社生活两年之久，但那时太穷，谁也没有相机，竟然没留下一张照片；那段珍贵的人生竟是一片视觉记忆的缺失与空白。待我找个时间，一定要去趟人文社，站在老楼前拍张照，留个纪念，更为了久远的记忆与怀念。

2013.8.8 写就

2013.8.24 二稿

附件

祝 红 灯

韦君宜

我头一次见到冯骥才同志时，他正在写《义和拳》。《义和拳》完稿后，他就开始准备写这部《神灯前传》。后来，他转而写更激动他的当代题材。《铺花的歧路》、《雕花烟斗》、《啊！》等，一发而不可收。写义和团和红灯照的计划暂时中断了。

但是，他关于红灯照的构想，还是引起了我很大的兴趣。那些年，江青之流曾经大吹大捧义和团和红灯照，还专门编了以此为题材的戏，说“红灯女儿”怎么有造反精神。字里行间，倒好象（像）红灯照就是她所提倡的红卫兵的前身似的。这实在使人厌恶。但是冯骥才同志谈起红灯照，主要讲的是八十年前天津的下层妇女怎样顶着神佛的名义，冲破封建的罗网，穿着红衣红裤成群结队出去“踩街”的情景，这却使人神往。我从小也住在天津，多少知道一点天津土著“娘娘宫”“侯家后”过年的光景；知道一点各国教堂的威风和规矩。

但毕竟所知甚少。冯骥才同志比我年轻得多，我很惊讶他能够有这样丰富的知识，不但搜集了史料，而且有这样深厚的关于昔年风土人情的功底，可见用功很勤。他写这些淳朴的女孩子勇敢冲决藩篱，而仍是几十年前的天津女孩。在拿刀弄杖的描写中还有许多日常生活，小儿女的絮语，也写了她们的求神拜佛。从而使人觉得她们的面貌真实，和前几年舞台上的那些“古代红卫兵”绝不相同。在这一点上《红灯前传》比《义和拳》又前进了一步。表现了作者运用史料的能力和历史观点都前进了。我相信待作者的《后传》脱稿之后，他会再有所前进的。

《义和拳》的编辑工作是我做的。《神灯前传》即将出版，作者希望我这当编辑的为他写几句话，我就祝愿他的多方面的才能都能得到发挥，包括写历史题材在内。

附件

冯骥才与严文井的通信

冯骥才给严文井同志的信

文井师：

您好！身体可否康复？时在念中。您大概想不到我会突然写信给您。自从屠岸同志来信，提到您对我的创作与身体状况甚为关切，我即产生写信给您的冲动。但知您颇忙，去访者接踵不已，冗杂事务堆积案头，便不想打扰您。

前天，鲍乃镛来给我照相，给我看了他拍摄的您的近照，我很喜欢，要了一张，立在书架上。一看见您，就想起在人民文学出版社内居住近两年期间所见到您的种种情景；想起您对我流露过的爱护的目光，还有真心的、关切的、打动过我的话。我便再不能自制，遂提笔展纸，把我对您的感情、想念、问候，用这信纸送到您的手里。

我是人民文学出版社培养起来的作者。我把人文社当作自己的母校。数年前，我是拿着一大包粗糙的、不像样的稿子走进朝内大街166号的。那时，我连修改稿子的符号和规范都不知道。是老作家和编辑们一点点教会我的。他们把心血灌在我笔管的胶囊内，让我从社里走出来时，手里拿着几本散发着纸和油墨芳香的书。我有个想法，也许过十多年，或许更长的时间，我要写一个小册子，叫做《朝内大街166号》。我心里珍藏着很多感人的材料和值得记着的人物。

知您刚从菲律宾归来不久，此种旅行，想必劳顿。您精神还好吧！盼您自重身体，养蓄精力。您看，我这个运动员出身的“江北大汉”都累得一时支撑不住，可以想见此行伤身之厉害。您每天最好有点体育锻炼，不知是否会打太极拳？

我近来身体正渐好转。前一度，精力、情绪、灵感、创作冲动像一群飞散的鸟儿，现在正一只只飞回来，落在我的躯干上。我生怕再惊走它们，故还不敢大动干戈。只写些短篇散文，待进健康一步，再着手中篇和长篇。近来，我想要试走另一条路子，即从“人生”入手。其实这是古往今来的许多位大师的入手之处。人生中纵横交错着各种社会问题、人的命运和生活的经络。含着丰富的生活经验和哲理，其中尚有探求不尽之谜。从人生中发现的思想恐怕永远是有益的，我们这代人写东西，大多是从“社会问题”起家的。那时，是大量的堆积如山的“社会问题”逼着我们提出来。我们渴望解决，让人人得到应得的幸福，社会一片升平景象；我们是急急渴渴、充满勇气和激情来写（或是来触动）这些“社会问题”的。但这样写下去，势必路子越走越窄，直到每写一篇作品都要强使自己提出一个具有普遍意义的、深刻的、敏感的“社会问题”来。此种写法的倡兴，便使当前文学创作出现一种新的主题先行和概念化的倾向。最近，我们这批中青年作者对此都有所发觉，并开始探索各自的创作道路。

在这个问题上，颇想听听您的意见。

我们才入文坛不久，修养有限，功底尚浅，写作上多凭一股激情、猛劲和思考中得出的一点点果实。长此下去，必然愈加自感单薄、脆弱浮嫩。我们渴望弥补这些缺陷，自然也就希望你们这些经历十年浩劫后依然健在的、为我们所敬重的老前辈的指教。我想，您肯定有许多话要对我们这代人说的。

不再耗费您的精力和时间了。

谨此 祝您和您的夫人健康

骥才

1981.1.23

文井师：

收到您的信，真高兴，我那封信惹得您写了那么长的信。甚感不安。因为您那里人多事杂，间又写作，真是打搅了您。

不过，您的话对我教益殊深，兼得启发。最近我应《人民文学》之邀，写一篇短文，题《下一步踏向何处？》，以同刘心武同志通信形式写的。其中引用您信里的话。您的话不单是经验之谈，而有着独到和精深的见地，对我们这代青年人帮助很大。

您不要回信了。很不愿意占用您的时间和精力。

春节将至，谨祝全家康乐，诸事顺心。

骥才

1981.1.31

严文井给冯骥才的信

骥才同志：

感谢你温暖的信。

前些时，继张洁之后，我又听说你病了，很使我耽（担）心了一下。因为，你们这些“骥才”才在文学的道路上奔驰了不久，最高速度还没跑出来，怎么能就此倒下去呢。

你的信使我放心了。但是，还是有几句扯后腿的话要说。不要太拼命了；可以适当超过自己的体力的限度突击一阵，但不能太超过限度，尤其不能长时期地过于超限度。这不等于不要勤奋。你既然要表现生活，那么，就应该还生活几十年，你才能得到一个又一个的新感受，新表现，新结论。

我赞成你的想法，我还想引伸（申）一下。写生活，那当然是写各种人（可惜一个作者只可能熟悉若干种人）的生活。“人”之所以值得写，之能引起旁的人的注意和关切，大概是因为有一些看来不同的但又互相联结在一起的“命运”，它们的变化，能引起共鸣和反响，以至进一步引起思考。这些“命运”被历史和环境制约着影响着（我不太相信只能被“决定”着），看来有些被动，而能思考的动物——人，他们又一定想争取主动，这就会展开一场或深或浅，或迟或早的，内部的加外部的，一场搏斗。或坚持到底，或半途而废；或胜利，或失败。读者想知道这些看来如真的人们的各种复杂生活，在哭了或笑了之后去想一想。当然，读者们不可能也不应该希望从这样的书里取得哲学，政治学，经济学，历史，那种种专门的明确的（有些不一定是正确的）教训，但倒是可能得到涉及以上种种专门领域的某一种，或几种浑（混）为一体的感想。他们在感受形象的过程中进行复杂的思考。生活，包括了一种以上的社会问题；表现了生活，自然就会表现问题，而且是多种问题。有的作品看来不表现什么社会问题，例如海明威的《老人与海》，他只写了一个老渔夫的生活的极短的，然而是极重要的一个片段，你去多想一想，那里面就没有一点那个时代那个世界的社会问题么？

的确，我们还得自己设法把路子搞宽一些。这就得认真加上巧妙。是骥，就必然会跑得快，而少摔跤。但是真正的正路，不容易一眼就看得出。路，每每是在“山穷水尽疑无路”时出现的。我们只有执拗地进行追求。

等待着你的新的尝试；同时，希望你的身体更加好起来。

什么时候你如再来京，希望来我家谈谈天，交换一些意见。我已经一年整没上班了，今后再恢复那样的上班也不可能了。但我得工作，我的家就是一个小小的作坊。和朋友交换意见，也是这个作坊里的一部分工作。祝好！

文井

1981.1.27

你对自己已有的作品是不是评价得过于苛刻了一些？诚然，你写了一些“问题小说”，但我认为你的有些作品，例如《雕花烟斗》、《啊！》等，不能仅仅说成是“问题小说”。我从这些作品里感到了不同的生活，不同的人物的不同心潮起伏变幻；虽然连带也感到了某些存在的问题。你信中的一些想法，其实已经开始在付诸实现（践），我认为你是有才华的，主要原因就是由于我看到你掌握的生活面（包括知识面）比较广，而且你能从不同角度比较细腻地表现出这个比较广的面里面的较多人物来，为此使读者们能感觉到他们是活的，是在变的，是不同的，从而引起读者们的感动和思考。我相信你的进一步的实践会更好地实现你自己的主张。这些新的实践并不是从天而降，而是从你自己有的一些实践基础上发展起来的。所以，我相信你会取得新的成功。

如果有工夫，你能不能送一张你自己的画给我？只要得到小品就很满意了。

又及

附件

关于短篇小说《雕花烟斗》的一封信

屠　岸

骥才同志：

刚刚看完《雕花烟斗》。我怀着激动的心情，立刻给你写这封信。我祝贺你这篇作品的成功！我认为这是一个很大的成功。你的《铺花的歧路》中有些章节不自然，我不太喜欢，当然，整个来说，《铺花的歧路》还是好作品。但《雕花烟斗》，我非常喜欢，请注意，非常！它使我想起了契呵（诃）夫的某些短篇。我对于契呵（诃）夫并无研究，看他的作品也不多，但他的某些作品，在简短的篇幅中赋予那么多的思想，他的特有的风格，给我的印象很深。《雕花烟斗》不是什么惊心动魄之作，不是什么大悲剧，没有什么悲欢离合，没有什么慷慨激昂，但是奇怪，我读着竟流下了眼泪！这是因为，它揭示了某些深刻的东西，某些能够触动人们心灵的东西。一般化的，公式化的，说假话的，写事件过程的，浮光掠影的，喧嚷的，一本正经的，发表演说似的，抄录社论的……作品看得太多了，看到这样的作品，我从心灵里感到激动，于是触动了我的生理机能之一——泪腺。这难道是生理现象吗？

仅仅是描绘人情冷暖？仅仅是讽刺趋炎附势？不是。我认为，这里有对劳动人民的真正的歌颂，劳动人民心灵的美的展示。这里有一个真理：劳动人民，胼手胝足的劳动人民，不仅是美的创造者——古往今来的建筑艺术、石刻艺术、民间艺术……都是谁创造的？——劳动人民。他们的灵魂，也是美的。这种美，往往是别人，比如说，某些轻视劳动人民的人所缺少的。

在这一点上，完全符合毛泽东同志《在延安文艺座谈会上的讲话》中所指出的，要歌颂新的人即工农兵，这一马克思主义的精神。可贵的是，这一思想是通过这个老花农送花和对雕花烟斗的喜爱这个特殊的、带有特征性的情节体现出来的。而这一情节又带着时代的烙印。唐先生的遭遇是六十年代中期到七十年代中期中国历史上这段奇特的时期所特有的奇特的遭遇，这段遭遇，尽管是正面写了的，事实上却是老花农这个人物的背景，是衬景。唐先生是好人，也是有才能的，有骨气的画家。你称赞他，又贬了他。这种贬，是诛心之论。“四人帮”可以骂几千遍几万遍“臭老九”，那是滑稽戏。脑力劳动者同体力劳动者之间不应该有万里长城，但事实上，这座万里长城并没有拆除尽净。

你的文笔是流畅的，详略得宜，浓淡协调。流畅中有沉郁，清新中有深挚；舒缓中有湍激，平展下有潜流。滚滚的沉雷后面，隐藏着感情的疾风暴雨。你刻画人物，善于抓住一些具体的、形象的细节，而透露出人物的性格特点。老花农从最初拒绝画家赠予烟斗，到后来向画家索赠烟斗，层次写得如此分明、自然。正直，自尊，单纯，质朴，勤劳，对美的追求与执着，这些，在老花农身上已经融为一体。这与老花农的身份——花农，完全吻合，而且具有象征的意义。那盆送给画家的光灿灿的凤尾菊，应该就是老花农的精魂！花农本人就是美的培育者，美的创造者，这也就决定了他是美的真正爱好者，美的知音。而最后，送花人变成了老花农的儿子，也具有象征的意义。劳动人民的美德将要永远被继承下去，并且得到发扬光大。

我还想到，你能写出这样的作品来，恐怕与你的画家身份（我很喜欢你的几张水墨画）也有很大的关系。因为你可能对某些画家，某些知识分子有深刻的了解。

关于外形美与内心美的辩证关系，是一个值得探讨的题目。加西莫多（《巴黎圣母院》）和伊索（巴西作家吉里耶尔美·菲格雷特的戏剧《伊索》）以及钟馗（昆曲《钟馗嫁妹》）这几个形象提供了研究的对象。我的意见觉得不必过分渲染外形之丑。我只是说，不必过分渲染。

记得“文革”前一家杂志载文教育青年选择对象，说，对象可以分为四类：（一）外形美内心也美，（二）外形丑内心美，（三）外形美内心丑，（四）外形丑内心也丑。这篇文章的作者认为，找第一类的对象当然最好。如找不到，也应找第二类的。第二类与第三类之间，往往容易偏向于第三类，他叫青年们警惕。这种分类法，恐怕有些是机械的。但有一点，还是说出了真理，就是世界上有一种外形丑而内心美的人，这是客观存在。

但是，为什么要在文艺作品中特别强调一个内心美的人具有如此丑的外形呢？可以写他由于劳动，由于一辈子与泥土打交道，由于经受多年的风霜雨露，他的外形受到了影响。但不必写他的鼻子像一个颠倒的惊叹号之类。更不要写他的鼻子在玻璃柜上摩擦发出吱吱的声音，引起读者生理上的不愉快，应该说，这样的写法很不“美”。完全可能，这个人物的长相是丑的，也可以这样写。但，要写得含蓄一些，从这里透露一点辩证法。而不要使人感到作者故意这样写：你说他丑，我偏说他美，硬来。

唐先生雕第一个烟斗的情节，要细写。雕的是什么，怎么雕的，不能简略。

有些地方我在你原稿上用笔改了，或注了意见。可能有写错或者你不同意的，你可以改回来。我未征得你的同意即在你稿上涂鸦，请你原谅。

以上是我个人的意见。可能是错误的，但意见是真诚的，是我心里要说的话。

我紧紧地、紧紧地握你的手，大手。

1979年5月11日

“美，美呀！”似是花农的“主旋律”，但似乎不象（像）劳动人民的语言。有没有办法换一个更口语化，更象(像)花农说的语言？

又及

附件

记韦君宜

冯骥才

我不知道为什么，对一个人深入的回忆，非要到他逝去之后。难道回忆是被痛苦带来的吗?

1979 年春天我认识了韦君宜。我真幸运，那时我刚刚把一只脚怯生生踏在文学之路上。我对自己毫无把握。我想，如果我没有遇到韦君宜，我以后的文学可能完全是另一个样子。我认识她几乎是一种命运。

但是这之前的十年“文革”把我和她的历史全然隔开。我第一次见到她时，并不清楚她是谁，这便使我相当尴尬。

当时，李定兴和我把我们的长篇处女作《义和拳》的书稿寄到人民文学出版社。尽管我脑袋里有许多天真的幻想，但书稿一寄走便觉得希望落空。这因为人民文学出版社是公认的国家文学出版社。

面对这块牌子谁会有太多的奢望？可是没过多久，小说北组（当时出版社负责长江以北的作者书稿的编辑室）的组长李景峰便表示对这部书稿的热情与主动，这一下使我和定兴差点成了一对范进。跟着出版社就把书稿打印成厚厚的上下两册征求意见本，分别在京津两地召开征求意见的座谈会。那时的座谈常常是在作品出版之前，绝不是当下流行的一种炒作或造声势，而是为了尽量提高作品的出版质量。于是，李景峰来到天津，还带来一个身材很矮的女同志，他说她是“社领导”。当李景峰对我说出她的姓名时，那神气似乎等待我的一番惊喜，但我却只是陌生又迟疑地朝她点头。我当时脸上的笑容肯定也很窘。后来我才知道她在文坛上的名气，并恨自己的无知。

座谈会上我有些紧张，倒不是因为她是“社领导”，而是她几乎一言不发。我不知该怎么跟她说话。会后，我请他们去吃饭——这顿饭的“规格”在今天看来简直难以想象！一九七六年的大地震毁掉我的家，我全家躲到朋友家的一间小屋里避难。在我的眼里，劝业场后门那家卖锅巴菜的街头小铺就是名店了。这家店一向屋小人多，很难争到一个凳子。我请韦君宜和李景峰占一个稍松快的角落，守住小半张空桌子，然后去买牌，排队，自取饭食。这饭食无非是带汤的锅巴、热烧饼和酱牛肉。待我把这些东西端回来时，却见一位中年妇女正朝着韦君宜大喊大叫。原来韦君宜没留意坐在她占有的一张凳子上。这中年妇女很凶，叫喊时龇着长牙，青筋在太阳穴上直跳，韦君宜躲在一边不言不语，可她还是盛怒不息。韦君宜也不解释，睁着圆圆一双小眼睛瞧着她，样子有点窝囊。有个汉子朝这不依不饶的女人说："你的凳子干吗不拿着，放在那里谁不坐？"这店的规矩是只要把凳子弄到手，排队取饭时便用手提着凳子或顶在脑袋上。多亏这汉子的几句话，一碗水似的把这女人的火气压住。我赶紧张罗着换个地方，依然没有凳子坐，站着把东西吃完，他们就要回北京了。这时韦君宜对我说了一句话："还叫你花了钱。"这话虽短，甚至有点吞吞吐吐，却含着一种很恳切的谢意。她分明是那种羞于表达、不善言谈的人吧！这就使我更加尴尬和不安。多少天里一直埋怨自己，为什么把他们领到这种拥挤的小店铺吃东西。使我最不忍的是她远远跑来，站着吃一顿饭，无端端受了那女人的训斥和恶气，还反过来对我诚恳地道谢。

不久我被人民文学出版社借去修改这部书稿。住在北京朝内大街 166 号那幢灰色而陈旧的办公大楼的顶层。凶厉的“文革”刚刚撤离，文化单位依存着肃寂的气息，揭批查的大字报挂满走廊。人一走过，大字报哗哗作响。那时伤痕文学尚未出现，作家们仍未解放，只是那些拿着这枷锁钥匙的家伙们不知跑到哪里去了。出版社从全国各地借调来改稿的业余作者，每四个人挤在一间小屋，各自拥抱着一张办公桌，抽烟、喝水、写作；并把自己独有的烟味和身体气息浓浓地混在这小小空间里，有时从外边走进来，气味真有点噎人。我每改过一个章节便交到李景峰那里，他处理过再交到韦君宜处。韦君宜是我的终审，我却很少见到她，大都是经由李景峰间接听到韦君宜的意见。李景峰是个高个子、朴实的东北人，编辑功力很深，不善于开会发言，但爱聊天，话说到高兴时喜欢把裤腿往上一捋，手拍着白白的腿，笑嘻嘻地对我说：“老太太（人们对韦君宜背后的称呼）又夸你了，说你有灵气，贼聪明。”李景峰总是死死守护在他的作者一边，同忧同喜，这样的编辑已经不多见了。我完全感觉得到，只要他在韦君宜那里听到什么好话，便恨不得马上跑来告诉我。他每次说完准又要加上一句："别翘尾巴呀，你这家伙！"我呢，就这样地接受和感受着这位责编美好又执着的情感。然而，我每逢见到韦君宜，她却最多朝我点点头，与我擦肩而过，好像她并没有看过我的书稿。她走路时总是很快，嘴巴总是自言自语那样嗫嚅着，即使迎面是熟人也很少打招呼。可是一次，她忽然把我叫去。她坐在那堆满书籍和稿件的书桌前——她天天肯定是从这些书稿中"挖"出一块桌面来工作的。这次她一反常态，滔滔不绝；她与我谈起对聂士成和马玉昆的看法，再谈我们这部小说人物的结局，人物的相互关系，史料的应用与虚构，还有我的一些语病。她令我惊讶不已，原来她对我们这部五十五万字的书稿每个细节都看得入木三分。然后，她从满桌书稿中间的盆地似的空间里仰起脸来对我说："除去那些语病必改，其余凡是你认为对的，都可以不改。"这时我第一次看见了她的笑容，一种温和的、满意的、欣赏的笑容。

这是我永远不会忘记的一个笑容。随后，她把书桌上一个白瓷笔筒底儿朝天地翻过来，笔筒里的东西“哗”的全翻在桌上。有铅笔头、圆珠笔心、图钉、曲别针、牙签、发卡、眼药水等，她从这乱七八糟的东西间找到一个铁夹子——她大概从来都是这样找东西。她把几页附加的纸夹在书稿上，叫我把书稿抱回去看。我回到四楼一看便惊呆了。这书稿上密密麻麻竟然写满她修改的字迹，有的地方用蓝色圆珠笔改过，再用红色圆珠笔改，然后用黑圆珠笔又改一遍。想想，谁能为你的稿子付出这样的心血？

我那时工资很低。还要分出一部分钱放在家里。每天抽一包劣质而辣嘴的“战斗牌”烟卷，近两角钱，剩下的钱只能在出版社食堂里买那种五分钱一碗的炒菠菜。往往这种日子的一些细节刀刻一般记在心里。比如那位已故的、曾与我同住一起的新疆作家沈凯，一天晚上他举着一个剥好的煮鸡蛋给我送来，上边还撒了一点盐，为了使我有劲熬夜。再比如朱春雨一次去“赴宴”，没忘了给我带回一块猪排骨，他用稿纸画了一个方碟子，下面写上“冯骥才的早餐”，把猪排骨放在上边。至今我仍然保存这张纸，上面还留着那块猪排骨的油渍。有一天，李景峰跑来对我说：“从今天起出版社给你一个月十五块钱的饭费补助。”每天五角钱！怎么会有这样天大的好事？李景峰笑道：“这是老太太特批的，怕饿垮了你这大个子！”当时说的一句笑话，今天想起来，我却认真地认为，我那时没被那几十万字累垮，肯定就有韦君宜的帮助与爱护了。

我不止一次听到出版社的编辑们说，韦君宜在全社大会上说我是个“人才”，要“重视和支持”。然而，我遇到她，她却依然若无其事，对我点点头，嘴里自言自语似的嗫嚅着，匆匆擦肩而过。可是我似乎已经习惯了这种没有交流的接触方式。她不和我说话，但我知道我在她心里的位置；她是不是也知道，我虽然没有任何表示，她在我心里却有个很神圣的位置？

在我的第二部长篇小说《神灯前传》出版时，我去找她，请她为我写一篇序。我做好被回绝的准备。谁知她一听，眼睛明显地一亮，她点头应了，嘴巴又嚅动几下，不知说些什么。我请她写序完全是为了一种纪念，纪念她在我文字中所付出的母亲般的心血，还有那极其特别的从不交流却实实在在的情感。我想，我的书打开时，首先应该是她的名字。于是《神灯前传》这本书出版后，第一页便是韦君宜写的序言《祝红灯》。在这篇序中依然是她惯常的对我的方式，朴素得近于平淡，没有着意的褒奖与过分的赞誉，更没有现在流行的广告式的语言，最多只是“可见用功很勤”，“表现作者运用史料的能力和历史的观点都前进了”，还有文尾处那句“我祝愿他多方面的才能都能得到发挥”。可是语言有时却奇特无比，别看这几句寻常话语，现在只要再读，必定叫我一下子找回昨日那种默默又深深的感动……

韦君宜并不仅仅是伸手把我拉上文学之路。此后伤痕文学崛起时，我那部中篇小说《铺花的歧路》的书稿在人民文学出版社内部引起争议。当时“文革”尚未在政治上全面否定，我这部彻底揭示“文革”的书稿便很难通过。1978 年冬天在和平宾馆召开的“中篇小说座谈会”上，韦君宜有意安排我在茅盾先生在场时讲述这部小说，赢得了茅公的支持。于是，阻碍被扫除，我便被推入了“伤痕文学”激荡的洪流中……

此后许多年里，我与她很少见面。以前没有私人交往，后来也没有。但每当想起那段写作生涯，那种美好的感觉依然如初。我与她的联系方式却只是新年时寄一张贺卡，每有新书便寄一册，看上去更像学生对老师的一种含着谢意的汇报。她也不回信，我只是能够一本本收到她所有的新作。然而我非但不会觉得这种交流过于疏淡，反而很喜欢这种绵长与含蓄的方式——一切尽在不言之中。人间的情感无须营造，存在的方式各不相同。灼热的激发未必能够持久，疏淡的方式往往使醇厚的内涵更加意味无穷。

大前年秋天，王蒙打来电话说，京都文坛的一些朋友想聚会一下为老太太祝寿。但韦君宜本人因病住院，不能来了。王蒙说他知道韦君宜曾经厚待于我，便通知我。王蒙也是个怀旧的人。我好像受到某种触动，忽然激动起来，在电话里大声说，是呀、是呀，一口气说出许多往事。王蒙则用他惯常的玩笑话认真地说："你是不是写几句话传过来，表个态，我替你宣读。"我便立即写了一些话用传真传给王蒙。于是我第一次直露地把我对她的感情写出来，我满以为老太太总该明白我这份情意了。但事后我知道老太太由于几次脑血管病发作，头脑已经不十分清楚了。瞧瞧，等到我想对她直接表达的时候，事情又起了变化，依然是无法沟通！但转念又想，人生的事，说明白也好，不说明白也好，只要真真切切地在心里就好。

尽管老太太走了。这些情景却仍然——并永远地真真切切保存在我心里。人的一生中，能如此珍藏在心里的故人故事能有多少？于是我忽然发现，回忆不是痛苦的，而是寂寥人间一种暖意的安慰。

1998.4.7

附件

风景里的山峰

冯骥才

也许很多人不知道李景峰这个名字，是的，他只是一位普普通通的编辑。但他在我心里却沉甸甸的，很有分量。

差不多三十年前，当我和我的合作者李定兴先生把长篇小说《义和拳》的手稿寄到人民文学出版社后，心中忐忑不安。那时我们都三十岁出头，甭说长篇，短篇也没写过，稿子在手里还有点自信，一寄出心里就没根了。忽然一天胡同口电话亭的大娘喊我接长途电话，只听电话里自报家门地说："我是人民文学出版社的编辑李景峰，风景的景，山峰的峰。你们的稿子我们看过了。过两天我陪我们社的总编辑韦君宜去天津找你们谈谈。等我们吧！"

他的名字我马上记住了：风景里的山峰。他的声音清晰又明亮，似乎还有点东北口音。哪里知道这竟然是陌生的文坛对我发出的第一声召唤。

刚刚把脚伸入文学的我是怯生生的。我是被出版社留在北京朝内大街166号四楼上长达一年的修改作品期间，才懂得种种改稿的符号的。在那个没有电脑和复印机的时代，连怎样用剪刀和糨糊来剪接文稿，都是李景峰教给我的。他是我第一个责编。

然而，那时代的责编与作者是一种极特殊的关系。他要一遍遍地与我讨论小说的人物、写法、细节，乃至某一个具体的用词。如果他不满意，便撇着嘴说我“偷懒”，如果他满意——特别是分外高兴时，一定会说：“你这家伙还真有悟性！”我能从这话声里听得出他很欣赏我，但仅此而已，他从来没太明显地赞扬过我。说老实话，我上学时并不太认真，错别字常常会从笔尖冒出来，只要露出一个，准叫景峰抓住。他毕业于吉林大学，语文功底好，三十多岁就担任国家文学出版社小说组的副组长了。他发现错别字的能耐像高明的警察在车站的人群里发现小偷那样，伸手一抓一个。我至今收藏着他送给我的那本《现代汉语词典》。那本词典是1973年出版的，早叫我翻烂甚至缺页了。景峰用这本词典纠正了我不少错别字。

记得他那时挺年轻，比我大三四岁。常常在一起说笑，其实他更多时间是笑嘻嘻地听任我海阔天空，他本人不善言谈，但对人却很用心。我那时家境不好，地震时受难很重，正寄居在友人家。住在出版社改稿时大多时候只能买价钱便宜的素炒白菜或菠菜。他隔些时候就会在下班时，叫我去他家包饺子。我知道他是想给我开开荤。那时候，吃饺子是生活的一种小小的奢侈。他住在红星胡同出版社的职工宿舍，一排排平房，门儿临院，里外两小间，从院里一步迈进屋，再一步就进了里屋。记得他每次拌馅倒香油时，最后都要再倒上一点香油，然后用食指一抹瓶口的残油，抹在自己嘴唇上，吧唧两下嘴，笑嘻嘻地说这么一句："真香，馋馋大冯这个馋猫。"那种温馨之情叫我至今还能感到。后来，总编辑韦君宜特意批给我每月十五元的伙食补助，也全是他悄悄"努力"的结果。

然而，他从不向我"表功"。其实真正被人记住的都不是自己表白出来的。在我们的处女作刚刚印出来时，他手拿着那上下两本散着油墨香味的新书跑到四楼上送给我，嘴里说道："真不舍得给你呀。"他说的是笑话，我却觉得这本书确确实实也是他的。他为这部书付出多少心血，但书上并没有他的名字呀。

那时，我有点歉疚，有点窘。人家和你一起推动一辆车，等车启程了，你乘车走了，人家却在原地站着。

记得一次，他父亲重病，要赶夜车回东北，我送他去车站，车子误点误了很久，待他坐上了车，我再回到出版社时已经午夜三点。出版社锁了门。我坐在门口矮墙上一直等到天亮。后来景峰知道此事，问我那天夜里在大街上是怎么度过的。我怕他自责，便笑道，我第一次知道一个大城市是如何从夜里一点点醒来的。我绘声绘色地讲下夜班的人怎么走路和骑车，上早班的人怎么在清凉的空气里咳嗽，最早的炸油饼的味道如何“有个尖儿”直往鼻孔里钻，以及第一辆无轨车的声音……他听着笑了。可是过了两年一次聊天聊到赶夜车时，他却忽然说：“我叫大冯在大街上冻了一夜。”这才知道，他一直还在为那件他“毫无责任”的事暗暗自责。

他不仅是《义和拳》的责编。还是我独立完成的另一部长篇小说《神灯》、第一部中篇小说《铺花的歧路》和第一篇短篇小说《雕花烟斗》的责编。这些小说的背后全都有一个故事。这些故事我记得清清楚楚。他一直支持着我奔入伤痕文学的大潮。然后我们好像各奔东西，我忙我的文学、绘画和文化保护，他依旧干着自己的老本行——结识一位又一位新作者，改稿，编书，直到把书出版。我只是偶尔与他通一个电话。

随着时间的推移，给他的电话少了，有时间隔的时间会长达数月或半年。一次，他接到我的电话忽然说："大作家居然还记得我！"这使我一阵慌张。我忙着解释和致歉，正当我感觉愈解释愈无力时，他却笑道："解释什么，你要不记着我还会来电话吗？"这使我深深感受到他对我挺在乎，在乎是一种情感上的需要，这需要牵着日渐遥远的那些有情有义的往事。那么为什么他从来不打电话给我呢？连他后来生病以至突然辞世而去都是别人告诉我的。

直到他去世后，他的爱妻刘蕴洁才对我说，他不愿意像那次——我跑到北京的协和医院去看他。他不叫妻子再把病情透露给我，怕我着急、分心、影响工作。但直到生命最后的一些日子，还叫妻子去书店看看有没有我的新书……

他把三十年前的那份友情一直坚持到最后。他这种方式缘自一种性格，一种情义，也是那个时代编辑对作者特有的一种爱惜之情。这种感情帮助过多少作家的成长，这种感情今后还会有吗？

不知为什么，当我想到这种情义与性格时，会自然地想到他最初带着东北口音自我介绍时说的那句话：

“风景的景，山峰的峰。”

是呵，他是我人生风景中永远的一座山峰。

附件

冯骥才在人民文学出版社出版和发表作品目录

1977 年

《义和拳》· 长篇小说

1979 年

《铺花的歧路》· 中篇小说

1981 年

《神灯》· 长篇小说

《意大利小提琴》· 短篇小说

1989 年

《一百个人的十年》· 纪实文学

1991 年

《中国当代作家选集丛书 · 冯骥才》· 文学作品选集

1995 年

《中华散文珍藏本 · 冯骥才卷》· 散文集

1997 年

《末日夏娃》· 中篇小说

1999 年

《画外话 · 冯骥才卷》· 绘画与散文集

2002 年

《记韦君宜》· 散文

2003 年

《倾听俄罗斯》· 散文随笔集

《维也纳情感》· 散文集

《乐神的摇篮》· 散文集

2005 年

《水墨文字》· 绘画与散文集

《冯骥才散文》· 散文集

2013 年

《有价值悦读 · 俗世奇人》· 文学作品选集

后　记

写过这一随笔性的小书后，笔尖虽停，心绪未已。我只写到1979年的年底，接下来便是新时期文学轰轰烈烈的潮起潮落，更多的人物、事件、潮流、纷争、主张、作品还在我的笔管里，但都应放到本书句号之后的另一本书里去了。

这里，还要为本书再三表示遗憾的，是由于那时代的贫穷致使我鲜有照片为证。可能缘自我对博物馆的兴趣，我把实证性的历史遗存的意义看得分外重要。书中插图绝不止于装饰，而是不可或缺的见证。然而历史有时也很无情，它像一只大鸟飞走后，并不肯多留一片它生命之身的羽毛。

为此，在书尾部分加了几篇文章和资料，以印证我在朝内大街166号中难忘的人与事。

是为记。

作者

2013.8.20

1979

25×20=500

人民文学出版社稿纸